双葉文庫

# ランチのアッコちゃん

柚木麻子

# ランチのアッコちゃん

「ただいま。ああ、お腹減ったー。ランチを食べ損ねたわ」

後ろを通り過ぎていくアッコ女史の大きな声に、澤田三智子《さわだみちこ》はどきっとして顔を上げる。見れば、小さなオフィスには彼女と自分の二人だけだった。タイムレコーダーの上の掛け時計を見ると、十三時二十分。村山《むらやま》副部長に頼まれた「ぶたまろくんドリルシリーズ」の売り上げ推移のグラフ作成をしていたら、いつの間にかこんな時間だ。

「澤田さん、もしまだだったら、これからお昼一緒にどう？」

部長席からにこりともしないでこちらを見ている。あのアッコ女史が派遣の営業補佐を誘ってくれるなんて。営業部の十一人の正社員は通常、外回り先でお昼を済ませてくる。

東京・麹町《こうじまち》の外れ。大使館やオフィスが集中するこの一角は、ランチメニューやお弁当を出す店がなぜか全くない。出前専門の寿司屋、コンビニ、ドトールコーヒーだけが頼りという環境だ。三智子は節約のためにお弁当を持参していた。お昼は誰もいない営業部で一人、デスクでお弁当を広げ、いつも十五分足らずで食事を済ませている。

三智子が遠慮がちに口を開きかけたのを、アッコ女史は遮った。

「ごめんなさい。あなた、確かお弁当持参だったわね」

「はい……。え、でも、どうして……？」

彼女の前で、お弁当を広げたことなどあっただろうか。

「毎日作るなんてマメよね」

「いえ……。でも、今日はあんまり食欲がなくてまだ食べてないんですよね。このまま持って帰ろうかな、と思ってて……」

「なら、私が食べてもいい？」

三智子は、まじまじとアッコ女史を見つめた。

「迷惑かしら？　でも、夜まで持ち歩いていたら、いたんじゃうわよ」

「いえっ。迷惑だなんて、め、滅相もないですっ」

急いで腰を上げる。机の上に置いているトートバッグから、鍋の模様の手ぬぐいに包まれた無印良品のアルミのランチボックスを取り出すと、部長席へと向かった。片付けられたデスクには、ノートパソコンと「ぶたまろくん」マウスパッドだけが、すっきりと配置されている。

「ありがとう。なんか悪いわね」

「いえ、召し上がっていただけたら、こちらも助かります。粗末なもので恐縮ですが」

手渡すと、急に恥ずかしくなってきた。ひじきと肉じゃがと五目豆を、ご飯と一緒になんとなく詰めただけのものだ。全体として暗いトーンのお弁当で、まさに三智子の心情そのものだった。彼女はさっそく手ぬぐいの結び目を解《ほど》き始めている。蓋が開く前に、この場を離れたい。

「ええと……、その、そうだ！　私、買い物にいってきます。無くなりそうな、クリップとホチキスの針、買ってきますね！」

トートバッグから財布だけ抜き取ると、ホワイトボードの余白に「澤田　文具店」と水性マジックで急いで書き込む。正社員には自分の名前のステッカーと予定を書き入れるスペースが与えられているけれど、三智子にはそれがない。勢い良く鉄のドアを押す。小さな踊り場でエレベーターを待つ間、ドアに貼られた「株式会社　雲《くも》と木社《き》　営業部」のステッカーが曲がっていることに気づき、素早く直した。ここに派遣されて、そろそろ一年が経つ。「編集部」「総務部」「社長室」はさらに上の階にあるが、三智子が訪れることはほとんどない。「雲と木社」は小学生用の教材を専門とする小さな出版社だ。「ぶたまろくん」という子豚のキャラクターの学習ドリルで知られている。

小さなエレベーターで一階に下り、通りに出るとほっと息をついた。アッコ女史と向き合うのは、どうにも緊張してしまう。

営業部唯一の女子正社員である、アッコ女史こと黒川《くろかわ》部長は四十五歳の独身だ。がっちりとした肩幅に身長百七十三センチ、つやつやの黒いおかっぱ頭が、某大物歌手を思わせることと、下の名前が「敦子《あつこ》」であることから、このあだ名がついた。

もちろん面と向かって「アッコさん」なんて呼ぶだけの勇気がある社員はいない。社内にいてもほとんど私語もなく、ひたすら業務に集中して成果を上げる彼女を、誰もが恐れている。社長にも一目置かれているらしい。仕立ての良いパンツスーツや、上質のカシミアを愛用していて、よく似合う。質素なオフィスで一人だけエグゼクティブのオーラを放っている。

財布を握り締め、人通りの少ない道を歩き出す。十一月も中旬となると、風が冷たい。またもや、他人の要求を受け入れてしまったことに気づき、胃がきりっと痛む。

〈お前ってNOが言えないっていうより、YESしか言えないんじゃねえの?〉

近藤洋太郎《こんどうようたろう》からの最後のメールの文面を思い出すだけで涙がこみあげてくる。十九歳から四年付き合った初めての恋人。フラれたのは昨夜《ゆうべ》のことだ。短大卒業後すぐに上京したのも、隣町の洗足池《せんぞくいけ》にアパートを借りたのも、すべて彼の傍《そば》にいるためだったのに。三智子は薄い唇をかみ締める。とりたてて優秀なわけでもない。目鼻立ちがちんまりして、美人とはいえない。「YES」は三智子の唯一の処世術だ。

隙間なく並ぶビル、大使館前に佇むガードマン、ドトールののぼり。いつもと変わらない風景が、妙に物寂しい。

(何で生きているんだろう、私って)

友達もいない。母親だって、静岡の実家で再婚相手と幸せに暮らしている。このまま社に戻らなくても、誰も心配してくれないんじゃないだろうか。そんな疑問を断ち切るように、三智子は財布を強く握り直した。

オフィスに戻ると、社員が二人、もう帰ってきていた。三智子は慌ててホワイトボードの文字を消す。お茶を出すため、給湯室に直行し、やかんをコンロに載せた。流しに溜まった灰皿を洗って片付ける。

「ごちそうさま。美味しかったわ」

振り返ると、真後ろにアッコ女史が立って、お弁当の包みを突き出していた。間近にすると、驚くほどの威圧感だ。身長百五十六センチの三智子は、見上げる格好になる。

「そ、それはどうも、ありがとうございます」

おどおどと受け取る。「ごちそうさま」を聞いてはいたが、軽くなっていることに、なんだかほっとした。

「びっくりしたわ。こんなに美味しいお弁当食べたことがない」

いつもと変わらないポーカーフェイスで、アッコ女史は言い放った。褒められている感じがまるでしない。

「似てるの。母の味と。三年前に亡くなったんだけどね」

「そうなんですか。それは……」

思わず目を伏せると、アッコ女史はいきなり三智子の肩に手を置いた。

「来週一週間、私のお弁当を作ってくれない？　こんな感じの和食でいいから」

「え、あ、私が？」

思わず周囲を見渡してしまう。

「そうよ。あなたよ。他に誰がいるのよ」

肩の手に力がこもっている。彼女はいたって真面目な顔だ。

「外回りの時にお弁当が一つあると心強いのよ」

そうだろうか、と三智子は首を傾げる。お弁当は、食べる場所や時間を決めずに持ち歩くと、大層重荷になる。以前、洋太郎が泊まった翌朝、お弁当を持たせたことがあった。一つ作るのも、二つ作るのも同じ、という軽い気持ちでしたことなのだが、その夜、

「もう、こういうのやめて。重いよ。食べるタイミングとか場所とか探して、疲れたし」

全く手を付けられていないお弁当を突っ返された。思えばあの時から、彼の

心は離れていたのだろう。

「ちょっと、何ぼんやりしてるの。私の言ってること、ちゃんと聞いてる？」

アッコ女史の低い声に、我に返る。

「もちろんお礼はするわよ。私の一週間のランチのコースと取り替えっこするの」

「ランチを取り替えっこ？」

「そう。私ね、月曜日から金曜日まで、行く店もメニューも毎日決まってるの」

「えっ、月曜から金曜まで？　毎日ですか？」

「そうよ。ルーティン化することが、好きなのよ。何事も」

「はあ……」

「いい？　朝、あなたは私の机の引き出しにお弁当を入れる。私はランチ代と、店の地図と頼むべきメニューを書いた紙をあなたに渡すから。他の社員に言うんじゃないわよ」

有無を言わさぬ口調は、ほとんど命令だ。取り替えっこすることは果たして「お礼」なのだろうか？　どうしてこんなに面倒なことになってしまったのだろう。なんだか泣きたくなる。

「あの……。最近、私、あまり食欲が……。お弁当は作りますから、ランチの交換だけは、どうか勘弁していただけないかと……」

「明日は土曜日でしょ、体調を整える時間は十分あるわ。それじゃ、わかったわね」

そう言い捨てると、アッコ女史は給湯室を出ていった。

うなだれて、お弁当の手ぬぐいの結び目に手をやる。かなり固く結んであり、なかなか解《ほど》けない。ランチボックスは、洗ってピカピカに拭いてあった。

## 月曜日

三智子は疲労感とともに、「雲と木社　営業部」のドアを押した。始業三十分前、まだ誰も出社していない。いつものように、タイムレコーダーのスイッチを入れ、灯りをつける。さっそく部長席に行き、三段目の引き出しにそっとお弁当をしのばせた。

エビフライにメンチカツ、鮭とホタテのミニグラタン、ポテトサラダに蓮根のきんぴら、きのこの混ぜご飯。これほど豪華なお弁当は洋太郎にさえ作ったことがない。

本当なら二日間どっぷり悲しみに浸るはずだったのに。アッコ女史にお弁当を提出しなければならない、という重圧が肩にのしかかり、それどころではなかった。またNOと言えなかった。そう思うと、気持ちがどんどん沈んでしまう。

ドアの開く音に振り向くと、ミルクティー色のロングコートを羽織ったアッコ女史が入ってくるところだった。タイムカードを押し、コートを脱ぎながら、こちらに目をやる。

「例のものは用意できたかしら？」

まるで波止場の闇取引だ。

「はい、たった今、ご指定の場所に入れておきました」

アッコ女史は軽くうなずくと、すれ違いざまに三智子の手に何かにぎらせた。逃げるように給湯室に駆け込み、手を開くと、ぽち袋が載っていた。赤地に白い兎がはねている。

（へえ。可愛い……）

小さく折りたたまれた千円札とメモが出てきた。かさこそとメモを開くと、しっかりした線で、簡単な地図が描かれていた。会社から一分もかからない場所にある、雑居ビルまでの道のりが記されている。店の名前も頼むべきメニューもこれではわからない。話と違う。だいたい、この近所にランチを出す店などない。ここに来た頃、散々探したのだ。

(まあ、いいや。行くだけ行ってみよう)

いずれにせよ、ランチに千円もかけたことなどない。手取り十四万三千円の給料では一人暮らしを営んでいくだけでやっとだ。お金に余裕があったとしても、一緒に外食するような女友達もいないし、洋太郎とはどちらかの家で三智子が手料理を振る舞う、というデートばかりだった。つまり、ここ何年か、外で何か食べるという経験をほとんどしていないのだった。

午前中のうちに、アッコ女史はもちろんのこと、営業部の社員はすっかり出払ってしまった。それでも三智子は、就業規則に従って十二時十分まで待ってから、灯りを消し、ホワイトボードの余白に「澤田　昼食」と書き入れた。エレベーターを下り、通りに出ると、日差しがまぶしい。空気は乾燥しているし、風は冷たいが、よく晴れている。昼どきに外へ出ることなどほとんどなかった。少しだけ新鮮な気持ちで、地図が示す路地を進む。

辿りついたのは、ビルとビルの間を入った突き当たりにある、古びた建物だった。看板も出ておらず、細い通り道はびしょびしょに濡れている。嫌な感じがして、引き返そうとしたその時、スパイスの香りに気がついた。

(カレーだ)

香辛料やチャツネ、よく炒めた玉ねぎ……。複雑に絡み合った香り。自然と目をつぶり、パンプスが濡れるのも構わず、香りのしてくる方向へと進んだ。

地下に続く急な階段をそろそろと下りていく。「カレー専門店ビスマルク」という、学園祭で見かけるような薄い立て看板が現れた。「OPEN」のプレートが下がった木のドアが、半分開いている。カレーの香りが一層強くなった。

そっと中を覗くと、深く響く声がした。

「いらっしゃい!」

紺色のエプロンをつけた、ひげもじゃの中年男性がカウンターの奥から笑顔を見せた。低い音でFMが流れている。カウンター席だけの、暗くて小さな店だ。他に客の姿はない。

「あ、君、アッコちゃんの部下でしょ。えーっと、サワダミチコさん？」

「え、どうして……」

「彼女から話を聞いた。さ、座って」

どきどきしながら、三智子は店に足を踏み入れる。あのアッコ女史が、行きつけの店でこうも親しまれているなんて、予想もしないことだった。

「月曜日に代わりの女の子を寄越すってね。俺はここのマスター」

マスターの指し示す高い丸椅子に、三智子は腰を下ろす。カウンターの中がよく見え、寸胴鍋の中の褐色の液体は、実に香ばしく、濃厚な香りを放っていた。久しぶりに食欲を感じて、唾を飲み込んだ。

「うちはカレーしかやってないんだけど、いい？」

「あ、はい。いただきます」

マスターは、大きな炊飯器を開けると、白い湯気を立てているご飯を皿によそった。カレーをたっぷりとかけると、福神漬けとらっきょうを添え、水とスプーンと一緒にカウンターに皿を置く。

「はい、召し上がれ」

「いただきます」

スプーンを取った。アッコ女史の週の初めの味、と思うと、慄《おのの》きに似た気持ちが湧いてくる。ひとさじ、カレーとご飯を口に運ぶ。スパイスがピリッと鼻の奥を刺激し、体が急に熱くなる。冷えて固まっていた何かが、ゆっくりと溶けていくのがわかった。

カレーなんてうちでも作れると思っていた。外食はお金の無駄だと思っていた。洋太郎が稀に「外で食べてみる？」と誘ってきても、結婚資金のための節約、と台所に立った。短大時代の友達にホテルのバイキングに誘われてもかわし続け、いつの間にか疎遠になっていた。

「うまいだろう！」

マスターは満足そうにうなずいている。

「人に……、誰かに作ってもらうカレーって、いいものですね……」

「ははは。でも、俺の料理はアマチュアなんだ。この店も道楽だしね」

「えっ、信じられない……。こんなに美味しいのに！」

「実は俺、このビルの五階でデザイン事務所をやってるの。カレー作りは趣味。昼間だけの」

「へぇ……。よくそんな時間ありますね」

「最近は仕事減ってるしね。朝仕込んでおいて、昼ちょっと抜けるだけだからさ。儲けはないに等しいけど、楽しいもんだよ」

そんな働き方があるんだ、と三智子は思わず店内を見回す。何より、出会ったばかりのマスターと打ち解けて会話している自分に驚く。

「あの、さっき聞こうと思ってたんですけど、アッコちゃん、って面と向かってそう呼んでいるんですか？」

「彼女にぴったりだろ。ここの常連は皆そう呼ぶよ。『ひみつのアッコちゃん』みたいに、彼女はたくさんの顔を持ってるからね。君は若いから、赤塚不二夫《あかつかふじお》なんて、知らないかな」

そっちのアッコか！　三智子は危うくむせそうになり、ごくりと水を飲み込む。

「彼女と一緒に働けるなんてうらやましいよ。面白くて可愛い女性だからなあ」

ホワイトボードの前で仁王立ちしていたアッコ女史の姿を思い浮かべる。もしかして多重人格者なのか。

「マスター、カレー五つ！」

威勢の良い声に振り返ると、背広姿の男たちがどやどやと入ってきた。小さな店はたちまち満員になる。

「あれっ。今日はアッコさん、いないんですか？」

男の一人が、残念そうな声を上げた。マスターがカレーをよそいながら、

「ああ、今日は彼女が代わりに来たんだ。アッコちゃんの部下だって」

と三智子の方を見た。男は照れたように笑い、こちらに会釈をする。三十代前半くらいの、前髪の長い、ほっそりとしていて、優しそうな青年だった。

「田島《たじま》、そんながっかりした顔すんなよ」

「月曜日は必ずここに来たがるもんな。彼女に会えるからだろう？」

と同僚にしきりにひやかされ、顔を赤らめている。三智子は密かにびっくりしていた。

（へえ、モテるんだ。部長）

店が混んだので、ペースを上げてカレーをたいらげ、水を飲み干し、マスターに千円札を渡した。おつりは四百円だった。アッコ女史にすぐ返さねば、とぽち袋に仕舞ったが、週の終わりにまとめて返そう、と思い直した。他の社員の前であれこれ話しかけられるのは、嫌だろう。

「ごちそうさま。マスター」

「まいどあり。またおいで」

店を出る際、ちらりと振り返ると、田島と呼ばれた男が、にこっと笑った。

急な階段を上り、狭い隙間を抜けると、いつもの通りに出た。日差しがまぶしい。なんだか夢から覚めていないような気持ちだった。

火曜日

「おはよう」

始業三十分前。三智子が給湯室でお湯を沸かしていると、またもやアッコ女史に後ろから声をかけられた。

「あの、昨日はありがとうございました。カレー、美味しかったです。今日は、昨日の味をヒントに、ドライカレー、ピクルス、ヨーグルトサラダ、パイナップルのはちみつミントマリネにしてみました」

怖々《こわごわ》と顔を覗き込むと、ふん、と鼻を鳴らされた。

「そんなに張り切らなくていいの。昨日のもやり過ぎよ。最初のみたいな質素なお弁当で私は十分。それに和食にしてって言ったの、忘れたのかしら」

包みから出したランチボックスを手に、アッコ女史はうんざりした表情を浮かべている。今日はアクリル素材を選んだので、中身は一目でわかるのだ。

肩を落としていると、いきなりアルマーニの紙袋を突き出された。

「十分早くお昼に出なさい、今日は。ぐずぐずしてると、帰ってこられなくなるわよ」

そう言い放つと、アッコ女史はくるりと背を向け、ヒールを鳴らして去っていく。紙袋の中を覗き込み、三智子は小さく悲鳴をあげた。


誰にも見つからないように——。

そればかり願いながら、三智子は女子トイレを飛び出し、エレベーターに素早く乗り込み、会社の外に出た。昨日同様、よく晴れていて、冷たい風が吹いていた。トイレで着替えてきたジョギングウェアは、三智子にはぶかぶかだ。明るいピンク色は人目を引くらしく、通行人が振り返る。恥ずかしい。アッコ女史の趣味がわからない。

シューズは、なぜか誂《あつら》えたようにぴったりだった。大柄なアッコ女史のものにしては小さい。よく使い込んであったので、新調したということはないだろう。

握り締めたメモを頼りに、駆け足で会社を離れ、大通りに出る。昨日よりだいぶ複雑な地図が描かれていた。

「千鳥ヶ淵《ちどりがふち》を経由して、お堀沿いから有楽町《ゆうらくちょう》方面に。国際フォーラムまで走ること。広場にワゴン車の屋台がたくさん集まっているはず。『ジェリーフィッシュ』というスムージーの店で食事。地下鉄に乗って帰れば間に合います」

昨日と同じように千円札が入っていた。

ジョギングなんて、短大の体育の授業以来だ。三智子は途方に暮れながらも、手を大きく振り、アスファルトを蹴る。少し走っただけなのに、早くも汗ばんできた。本当に一時間で戻ってこられるのだろうか。不安がさらに足を速める。そもそも東京に来てから、皇居に一度も足を運んでいない。麹町から近いらしいとは知っているが、行ってみようと思ったことはなかった。風景が、普段の倍のスピードで通り過ぎていく。

千鳥ヶ淵沿いの並木道に入るのと同時に、喉の奥が熱くなってきた。

何のためにこんなことをしているのだろう。失恋したばかりで、正直できるだけ何もしたくないのに。勇気を出してNOと言えばよかったのだ。頭がぼうっとしてくる。ジョギングウェアの中は汗だくだ。

ふと見上げれば、ユリノキが連なっていた。赤ん坊の手の形のような葉が黄色く色づき、青空を透かしている——。

大丈夫、頑張れる。なんとか自分を奮い立たせた。アッコ女史はこの距離を走れるのだ。私の何倍も働き、二十歳以上も年上だというのに。私にできないはずがない。スピードをさらに速める。やけに景色がくっきりと目に飛び込んでくるなあ、と思ったら、目の前が開け、お堀が全貌を現した。

石垣の下に広がる水面が、すっぽりと青空を飲み込んでいた。小鴨が白い胸を見せてゆったりと泳いでいる。有楽町のビル群までスロープが続いている。呼吸が楽になるのを感じた。揃いのTシャツを着た、太った白人の夫婦が、坂を駆け上がってきた。

「ハーイ。ワッツアップ?」

笑いかけられ、三智子もつられて軽く手を上げた。額の汗を拭うと、足の裏に力をこめ、一気に坂を下っていく。

青信号が続いたおかげで、国際フォーラムには思ったより早く辿りついた。

そびえ立つガラス棟の前は、緑に彩られた広場。食べ物屋のワゴン車が何台も止まり、パラソルつきのテーブルとパイプ椅子がいくつも並べられている。「ジェリーフィッシュ」は目立っていた。派手なピンクのワゴン車で、店名がライトブルーで殴り書きしてある。中を覗き込むと、見るからに陽気そうな、カーリーヘアの太った黒人女性が顔を出した。

「いらっしゃい。そのジョギングウェアは……。もしかして、あなたアッコの部下？　ミチコね！　私はコニー・ブルックマンよ」

流暢な日本語に驚いた。呼吸を整えながら、三智子はうなずく。立ち止まると、頬がどんどん熱くなる。へたりこみたい気分だったが、達成感が勝っていた。

「麴町から走ってきたの？　初心者にしちゃ、頑張ったじゃない。偉いわ」

どうして初心者だとわかるのだろう？　息もたえだえに、首を縦に振った。

「アッコはホノルルマラソンに出るために、火曜はここまでジョギングしてくるのよね。週末も代々木《よよぎ》公園を走っているらしいわ」

「……初耳です」

ハワイの海辺を走るアッコ女史を思い浮かべてみる。

「それじゃ、アッコがいつも食べているメニューでいいわよね」

コニーさんは、四つ並んだミキサーの一つに苺やオレンジ、マンゴーのスライス、砕いた氷を放り込むと、スイッチを押す。道路工事のような激しい音をさせ、お日様色のジュースが出来上がった。パラフィン紙に包んだラップサンドと一緒にプレートに並ぶ。

「はい、召し上がれ」

千円を差し出すと、三百円のおつりがきた。三智子はプレートを受け取ると、ワゴン車前のテーブルに腰を落ち着けた。先ほどまでの苦痛が嘘のように、全身がよく伸び、深く呼吸ができた。ジュースを一口飲むと、熱かった喉がひんやりとして心地よい。甘さと酸味で、体が生き返る。薄いパンに、クリームチーズに海老、トマトとアボカドが巻かれていて、さっぱりとした酸味がありがたかった。携帯電話をちらりと見ると、十二時四十分だった。

「ねえ、ミチコ!」

ワゴン車からコニーさんが身を乗り出している。

「これから麴町に戻るんでしょ! よければこのワゴンで送ってあげようか?」

「え！　いいんですか？　お昼時なのに」

三智子の返事を待たずに、コニーさんはたくましい腕でミキサーを片付け始めていた。

水曜日

ちょっと一日走っただけなのに、体の節々が痛い。シュレッダーを掃除していると、膝の関節が鳴った。背後でドアの開く音がした。

「何、そのへっぴり腰。若いのにだらしないのね」

振り向くと、アッコ女史がこちらに背を向けて、タイムカードを押している。

「おはようございます」

三智子は自分の机に飛んでいくと、お弁当の包みを手にし、部長席に先回りした。

「今日のお弁当は和食にしました。冷蔵庫の残りものですけど、厚揚げとインゲンの煮物、玉子焼き、ブリの照り焼きです」

「そ。昨日よりましね」

アッコ女史は低くつぶやき、包みを受け取り、机にしまう。席に着くなりパソコンを立ち上げた。

「昨日はどうもありがとうございました。久しぶりに運動して、なんていうか、すごく気持ちが良かったです。あの、ジョギングウェアもシューズもちゃんと洗ってお返ししますね」

「別にいいのに。気を使わないでも」

「でも、部長もお弁当箱をいつも綺麗にして返してくれますよね。すごく助かります」

三智子が小さい声で言うと、アッコ女史は目を上げた。思いのほか、長いまつげをしていることに、初めて気がついた。先に彼女が視線をそらした。

「はい、これ。お昼代と地図」

差し出されたぽち袋はりんご模様だった。

「悪いけど、今日はお使いを頼むわ」

「神保町《じんぼうちょう》地下鉄A7出口徒歩五分　『ハティフナット』古書店で本の受け取り。『大きな森の小さな家』『大草原の小さな家』『プラム・クリークの土手で』以上三冊。昼食はコインパーキング脇の『いもや』という店で天丼を食べてください。本のおつりで足りるはずです」

半蔵門《はんぞうもん》線の中で、何度もメモを読み返す。

何かの偶然か。この三冊は、小学生の頃、三智子の愛読書だった。開拓時代のアメリカの暮らしが少女の目線で生き生きと描かれていた。アッコ女史は、親戚の子供にでもプレゼントするのだろうか。いや、だとしたら、古本は選ばないだろう。自分で読むのか。

地上に続く階段を上り、街に出た。今日もよく晴れている。日差しに目をしばたたかせた。初めて訪れる神保町は見事なくらい、古書店が軒を連ねている。店先から、図書館によく似た香りがふわっと立ち上り、目を細めた。

小学生の頃の三智子は、朝から晩まで地元の図書館に入り浸っていた。海外の児童小説が大好きで、将来は絵本作家になりたかった。本を読まなくなったのはいつからだろう。

「ハティフナット」古書店は、緑色の窓枠が可愛い、小さな店だった。周辺の店よりどことなく印象が明るいのは、本棚に並ぶ古書がすべて、彩り豊かな絵本や児童書だからだろうか。

「いらっしゃいませ」

店に入るなり、レジ奥の机で、マッキントッシュとにらめっこをしていた眼鏡の若い男が顔を上げ、軽く会釈をした。長身を折りたたむようにして座っている様や面長な顔が、どことなくキリンを思わせる。

「すみません。頼んだ本を取りにうかがいました。黒川の代理です」

「あ、あなたか。アッコさんの部下っていうのは。ちょっと待っててね」

カウンターに麻紐でくくられた本の束が現れた。ああ、この装画だ。

「大好きだったんです。ローラのシリーズ」

気づけば、そう言って、キリン似の店主に笑いかけていた。彼もにっこりした。

「いいよね。児童書が好きなんだ？」

「昔はよく読んでました。特にリンドグレーンの作品が好きで。『やかまし村』に『ロッタちゃん』。でも、大きくなってからは、なんか恥ずかしくて……」

「いいと思いますよ。大人が児童書読んだって。面白いものは、いくつで読んでも面白いでしょ。じゃなきゃ、こんな店やりませんよ」

三智子はまじまじとキリン店主を見つめた。

「俺も好きですよ、リンドグレーン。主婦から作家になったんですよね。彼女が描く主人公は破天荒過ぎるっていう理由で、批判も受けたみたいですが。でも、子供が好むキャラクターって、必ずしもいい子じゃないんですよねえ」

「『長くつ下のピッピ』とか！」

嬉しくなって、手を叩く。こんな話は今まで誰とも出来なかった。

「よかったら、今度このイベント行きませんか？　来週の土曜日、吉祥寺《きちじょうじ》の友達のカフェでやるんです」

キリン氏から明るい黄色のチラシを渡された。「スウェーデン子供映画特集」とある。

「俺も行くから、是非来てください。あ、良かったら、これ名刺です。時々つぶやいてるんで、ツイッターものぞいてくださいね」

差し出された、綺麗なブルーの名刺には、店のホームページアドレスに電話番号、「笹山隆一郎《ささやまりゅういちろう》」とあった。男の人からこんな風に誘われるなんて、久しぶりだ。

「澤田三智子です。必ずイベント行くんで、よろしくお願いします」

おつりを受け取ると、本の包みを手に店を出た。数歩スキップし、慌てて立ち止まる。それでも、弾む足取りは「いもや」まで収まらなかった。休みが取れたら、子供の頃読んだ本を探しに、実家に帰ろうと思った。久しぶりに母と話したい。

天丼はボリュームたっぷりで、ご飯につゆがよくしみていた。

その日の午後はずっと、唇が油でぴかぴかしていて、リップクリームを塗らずに済んだ。

## 木曜日

「今日はどんなお店なんですか？」

三智子は部長席に湯のみを置きながら、アッコ女史を覗き込む。彼女は露骨に顔をしかめ、迷惑そうに周囲を見た。

「まだ誰も来ていないですよ。大丈夫ですよ」

人気《ひとけ》のない朝のオフィスを見渡し、三智子は微笑んでみせた。アッコ女史は忌々しそうに引き出しを開け、お弁当をちらりと確認する。三智子はすかさず説明した。

「今日のお弁当は、海苔弁です。おかずはさつまいものレモン煮に玉子焼き、しょうが焼きと柴漬けです。昨夜《ゆうべ》からお昼が楽しみなんです。今日はどんなメニューなのかなって。毎日毎日、黒川部長の宝物を少しずつ分けてもらっているみたいで……」

「どんどん図々しくなるわねえ。しょぼくれた顔しないのはいいんだけど」

アッコ女史のしかめっ面を、三智子は思わず見つめた。

「今、しょぼくれた、って……。あの、もしかして部長、私のこと心配してくれてたんですか？　私が元気ないから励ますために、ランチの取り替えっこを……」

顔を近づけると、彼女は虫でも払うかのように手を振った。

「近い、近い！　そんなわけないでしょ！　私、若い子の心配するほど暇じゃないのよ」

早口でまくしたてられ、三智子はしゅんとする。

「ほら、ほら、仕事に戻って！　今日は渡すものないから」

アッコ女史はさっさと目をそらし、マウスを人差し指で叩き始めた。

「は？」

「ここで食べるのよ。大丈夫、待ってれば届くから。お金もいらないわ」

「ここって？」

「このビルってこと」

三智子は驚いて、きょろきょろとオフィスを見回した。

「え？　出前ってことですか？」

記憶が正しければ、アッコ女史が昼時に社にいたことはない。もちろん、出前がここに届いたこともない。

「お昼になったら、屋上に上がって待ってればいいわ」

「お、屋上ですか？」

面食らって、天井の蛍光灯を見やった。屋上どころか、三智子はここ三階から上に行ったことすらない。アッコ女史がいつの間にか席から姿を消している。

初めてエレベーターの「8」のボタンを押した。扉が左右に開く瞬間、どきどきした。狭い踊り場は暗くカビ臭く、ごたごたと段ボールが重なっていた。それを跨《また》いで短い階段を上り、屋上に続く重い鉄の扉を押す。びゅうっと音がして、冷たい風が頬を打った。思わず目をつぶる。ゆっくりと瞼《まぶた》を持ち上げると、オフィスと同じ形の、細長い屋上が広がっていた。

　エアコンの室外機がごうごうと音を立てている。大きなソファが一つ、忘れられたように置かれていた。ところどころ破れ、黄色い綿が飛び出ている。傍らには、机代わりらしい、ビールケースが伏せてあった。

　そっと足を踏み入れる。手すりまで行き、景色を眺めた。皇居に、有楽町、丸《まる》の内《うち》のビル群。火曜日に走った辺りまでよく見渡せる。遠くに東京タワーも見えて、顔がほころぶ。会社にこんな場所があるなんて知らなかった。

　三智子はソファにハンカチを敷くと、腰を沈めた。携帯電話のディスプレイで時間を確認する。しばらくして、ふいに不安を感じた。

　出前なんて本当に来るのだろうか。待っていても、何も現れないいんじゃないだろうか。

　胸が締め付けられる気がして、両手を握った。今朝のアッコ女史のうんざりした顔を思い出す。三智子に急に嫌気が差し、意地悪をしているのではないだろうか。

（私って、調子に乗ると、押し付けがましくなるタイプなんだよな）

洋太郎のそっけない態度や冷たい言葉がふいに蘇り、鼻の奥がつんとした。せっかく、忘れかけていたのに。アッコ女史の豊かな世界を見せてもらい、舞い上がっていた。有能な人間になったような錯覚を起こしていた。マスターも、コニーさんも、そして笹山さんも、三智子がアッコ女史の部下だから親切にしただけなのに。

(私には何もないもの。部長とは違う)

景色が涙でぼやけていく。ここから飛び降りたらどうなるのだろうか——。

その時、扉がぎいっと音を立てて開いた。

「おやおや、今日は随分風が強いね。まだ食事は届いてないのかい?」

七十歳ぐらいの白髪の紳士が誰であるのか、とっさに名前が出てこなかった。顔に見覚えはある。大変重要な人物であると脳が注意を促している……。必死で頭を巡らした。

「どうしたんだね。澤田三智子くん、社長の顔を忘れたのかね」

真っ青になって、ソファから飛び上がる。

「し、失礼しました」

「いいんだよ。お昼は無礼講にしよう。まあ、楽になさい」

社長に促され、三智子は怖々腰を下ろした。派遣初日に挨拶して以来、顔を合わせたことがない。社長が隣に腰かけた瞬間、再び扉が開いた。

「ちわーす。松寿司です。特上二人前です。遅くなりまして、申し訳ありません」

作務衣《さむえ》姿の若い男が岡持ちを手にしていた。社長はビールケースを引き寄せる。男はその上に寿司桶を二つ並べ、岡持ちからさらに銀色のポットを取り出して置いた。湯呑み二つ、お絞り、割り箸、パックの醤油、小皿も用意していた。

「まいど、どうもありがとうございました」

扉がゆっくりと閉まった。三智子はびくびくしながら、寿司桶にかけられたラップに太陽が反射し、虹ができるのを見つめていた。

「心配いらんよ。僕のおごりだ。支払いは毎月まとめてやってるから」

三智子が手を伸ばすより早く、社長が銀色のポットからお茶を注いでくれた。慌ててお礼を言い、湯呑みを受け取る。煎茶は熱く、濃い緑色で美味しかった。少し緊張がほぐれ、三智子はラップを静かに剥がした。

「うわあ。綺麗」

ネタが日差しを浴び、宝石のように輝いている。見事に脂ののった中トロ、きらきら光るルビーのようなイクラの軍艦巻き、しゃりを透かしている白身魚、ぷるっと白いイカ……。

寿司なんてずっと食べていない。父の葬儀で食べた出前が最後だろうか。あの時は、悲しみで味もよくわからなかった。そっと社長の方を見ると、目を細めて白身魚の握りを口に運んでいる。意を決して割り箸を割った。中トロを醬油につけると、小皿に脂肪の輪が広がった。脂がとろけ、しゃりにからみつく瞬間を、目を閉じて味わった。

「ははあ、うまそうに食べるねえ、君。若い頃の黒川君によく似てるよ」

社長が楽しげにお茶を啜っている。三智子は恥ずかしくなったが、もはや食欲は止まらない。続いてイカに箸を伸ばす。アッコ女史が何かを食べる姿を一度も見ていないことに、気がついた。三智子のお弁当を彼女は今どこで食べているのだろうか。

「黒川部長と、いつもこちらでお昼を召し上がるんですか?」

「ああ。二十年以上、毎週木曜日は二人で屋上で食べてるんだ。真冬や雨の日はさすがに社長室で食べるけどね」

「あの、差し支えなければ、そのう、きっかけって……？」

「そうだねえ。彼女が入社して、一年くらい経った頃かなあ。彼女が給湯室で泣いているのを見つけたんだよ。仕事でミスしたとかで。慰めようと思って、出前をとったんだ」

アッコ女史にもそんな時代があったのか。二十代の彼女なんてとても想像できない。

「でも、彼女は頑張ったよ。いつの間にか、社になくてはならない存在になっていてね。今では僕も頭が上がらない。彼女は僕にも言いたいことをズバズバ言うから、楽しいよ」

「そうだったんですか……」

それにしても、なんて美味しいお寿司だろう。食べ終わるのが悲しくなるほどだ。

「東京の昼飯は高いね。君みたいに若い子は困るだろう」

「はい。あまり外食はできません」

「僕はね、大学は大阪だったんだ。あの街は、安くて旨い店がたくさんある。よく、ミナミの『自由軒《じゆうけん》』という洋食屋に食べに行ったよ。織田作之助《おださくのすけ》の小説にも登場する有名な店さ。こう、カレールーがご飯に混ぜ込んであってね、上に生卵が載っている。それをスプーンで混ぜて食べるんだ。ああいう下卑た食い物が東京には少ないね。つまらん」

上等の中トロをつまみながら、社長はそんなことを言った。

「しかし、あれだね、最近は黒川君も随分忙しそうだ。『ぶたまろくん』シリーズの売り上げが落ちてきているようだね。営業部は苦しい時期だろう、君にも迷惑をかけるね」

先週作成した売り上げの折れ線グラフを思い浮かべた。確かに著しく下降している。村山副部長の疲れきった横顔を思い出す。三智子は急に恥ずかしくなってきた。社に貢献しようなどと考えたこともない。与えられた仕事をなんとなくこなしているだけの毎日だ。

「そろそろ新しい教材キャラクターを打ち出す時期なのかもしれん。君、どう思う」

社長が三智子を見た。意見を求められている。何か言わなければ……。ひるんでいる場合ではない。アッコ女史がランチを代わってくれたのは、きっと三智子なら社長と中身のある会話ができるだろう、と信頼してくれてのことなのだ。自信を持とう。

ふと、昨日の笹山さんの言葉が蘇ってきた。言葉を選び、ゆっくり話し出す。

「例えば、リンドグレーンの『長くつ下のピッピ』なんて悪い子の見本ですけど、世界中の子供に愛されてますよね。『ぶたまろくん』は、明るくて勉強好きで努力家です。でも、子供たちはお手本を示されることに飽き飽きしているんじゃないでしょうか？」

「ほう、なるほどね。それじゃあ、どんなキャラクターならいいと思う」

「大人が顔をしかめるような……、悪役のような……」

自分の子供時代を一生懸命思い出す。一番心に残っているのは、どんな物語？

「悪の女王様です！」

アッコ女史の仏頂面がぱっと思い浮かんだ。

「横暴で邪悪、氷の女王様のキャラクターです。月曜日から金曜日まで子供たちに違った宿題を与える。ひとつでもしくじると、永遠に日曜日を迎えられない。最近は怒る大人って少ないから、新鮮かもしれないですよ。その代わり、レベルアップすると、とびきりの笑顔で微笑んでくれるんです。本当は子供が大好きな心優しい女王様なんです」

社長の穏やかな目が、ぱっと子供のように輝いた。

「面白い！　君、それを来週、企画書にして編集部でプレゼンしなさい」

嬉しい反面、困惑してしまう。三智子はうつむいた。

「いえ。あの、私、派遣ですし」

「何、構うものか。いい企画に派遣も正社員もない」

社長はお茶を飲み干し、にっこりして立ち上がった。

「僕はもう行くよ。君はゆっくりしてなさい。いや、面白い時間だった。寿司桶は一階の通用口の横に置いておけば、ちゃんと回収されるからね。僕のも頼んでいいかな」

「はい、ごちそうさまでした」

慌てて立ち上がり、社長の背中に深く一礼する。扉が閉まると同時に、

「やったー」

と小さく叫び、飛び跳ねた。こんなことが自分の身に起きるなんて予想もしなかった。

東京タワーを見つめ、ゆっくり咀嚼したイクラと玉子は、とろけるように美

味しかった。

金曜日

「企画書作るなら、ちゃんとパワーポイント使いなさいよ。せっかくの内容が台なしよ」

パソコン画面とにらめっこしていると、アッコ女史が背後からぬうっと顔を突き出した。三智子は小さく悲鳴を上げる。いつもより一時間早く出社して、「黒猫イジワーニャ女王の地獄ドリルシリーズ」の企画書を作っていたところだった。集中するあまり、ドアが開いたことにも気づかなかった。

「ほら」

アッコ女史は、自分の机から本を一冊取ってくると、三智子に突き出した。『サルでもできる！　パワーポイントで企画書作り』とあった。

「ありがとうございます。助かります！」

「あっ、そ。今日のお弁当は？」

部長席にさっさと戻ったアッコ女史は、引き出しを覗き込んでいる。

「梅しらすご飯に、豆腐ハンバーグ、大根きんぴら、ブロッコリーのおかかあえ、にんじんの甘煮です！」

三智子は弾んだ声で叫ぶ。渾身の自信作だ。蓋を開けたら、きっと驚いてくれるはずだ。

「うるさいわねえ。怒鳴らなくても、聞こえるわよ。ところで、今日のランチだけど」

アッコ女史は言葉を切り、離れた席から三智子を見つめた。心が静まっていく。

金曜日。取り替えランチの最終日だ。今日が終われば、アッコ女史と三智子の秘密のつながりは消えてしまう。空っぽの、侘《わび》しい日々が戻ってくるのかもしれない。

（ううん、大丈夫。たくさん得たものがあるんだもの）

三智子は姿勢を正し、まっすぐにアッコ女史に微笑みかけた。

近日中に企画書を仕上げる。来週末は、映画のイベントで笹山さんに会う。少しずつだけど、走ってみようとも思っている。実家に電話をしよう。近所の図書館で貸し出しカードを作らなくては。プレゼンに向けての勉強も始めたい。

「今日はどちらにうかがえばよろしいでしょうか」

三智子は財布と携帯電話を手にビルを出た。最後のぽち袋に入っていたのは、「ビスマルクへ行くこと」というメモだけだ。お金は入っていないから、今日までのお釣りを使えということか。月曜日と同じ店。少し残念な気がした。

（また、新しい冒険ができると思ったのに）

でも、あそこのカレーなら何度でも食べたいし、と気を取り直し、通りを歩く。ちょうどビルの隙間から、大きな寸胴鍋を抱えたマスターが出てくるのが見えた。

「マスター、こんにちは」

「あー、よかった、ちょうどいい所に。悪いけど、そこのワゴンの後ろのドアあけて」

見ると、道路脇に白いワゴン車が止まっていた。三智子は急いで駆け寄り、後部ドアを持ち上げた。

「悪い、悪い。助かるよ」

マスターは寸胴鍋をトランクに仕舞う。大きな音をさせて後部ドアを閉め、ささっと運転席に乗り込もうとする。三智子は慌てて後を追った。

「ちょ、ちょっとどこに行くんですか？」

「あれ、アッコちゃんから聞いてない？　毎週、金曜日はね、カレーの配達に行くんだ」

「配達？」

「親戚が世話になっている一番町《いちばんちょう》の老人ホーム。大丈夫、近所だからね、すぐに戻ってくる。四十分くらいで」

「ということは……」

「うん。店番お願いできるよね。いつもはアッコちゃんに頼んでるんだ」

アッコ女史は毎週金曜日に、カレー屋の店長をしているのか。なんてたくさんの顔を持つのだろう。本当に「ひみつのアッコちゃん」みたいだ。会社の就業規則に引っかかっている気もするが、今はそんなことを言っている場合ではない。

「でも、私、調理師免許もってないし、食べ物屋でバイトしたことも……」

「君なら大丈夫だよ。アッコちゃんから聞いた。料理が上手いらしいじゃない。これから言うことをよく覚えてね」

三智子は必死な表情でうなずいた。

「カレーは焦げないようにかき回して。鍋底が見えたら、表の看板を仕舞って、ドアのプレートを裏返してね。レジは触らなくていいよ。汚れた皿の数を見て、後で俺が打っとく。お金は受け取ったら、カレー粉の空き缶に仕舞う。お釣りもそこに入ってるから。自分一人分のカレーは忘れずに残して、後で食べて」

早口で言うと、返事を待たずにマスターはワゴン車に飛び乗った。排気ガスの煙を残して車が走り去るのを、三智子はしばし見つめていたが、すぐに気持ちを引き締め、店へと急ぐ。ぐずぐずしている暇はない。ビルの隙間を進み、階段を下り、ドアを押す。

カウンターの中に入る。コンロの上の寸胴鍋の蓋を開けると、カレーが湯気を立てていた。ツマミをひねり、ごく弱く火を入れた。厨房は清潔でよく整理されていた。炊飯器、食器、水差しの位置も一目で分かった。福神漬けとらっきょうは、タッパーにたっぷり入っている。カレー粉の空き缶も見つけた。中には百円玉がぎっしり入っている。ステンレス台に、マスターがしているのと同じ、紺色のエプロンが畳んで置いてあった。すばやく身につけ、髪をまとめる。手をよく洗い、深呼吸をした。

その時、戸口から太ったサラリーマンが顔を突き出した。

「あー、入っても大丈夫?」

「は、はい。いらっしゃいませ」

彼の同僚らしい男二人も続いて入ってきた。水差しから、コップ三つに水を注ぎ、カウンターに並べた。棚から皿を出すと、炊飯器の蓋を開け、ご飯をよそう。お玉でカレーをかけ、漬け物を添えた。三つ並べたところで、次の客が入ってきた。

それからは、もう大忙しだった。客は次から次へと来た。一人客のOLもいれば、汚れたニッカーボッカー姿の一団もいた。客が席を立つと千円札を受け取り、おつりを渡す。カウンターを拭き、皿を流しに重ねる。

何人かは三智子を見るなり、

「新しい金曜日限定の店長? アッコさんは辞めたの?」

などと質問してきたが、相手にする時間さえもどかしい。ひたすら手を動かし、「いらっしゃいませ」「ありがとうございました」を繰り返す。

「カレー三つ」

「お水おかわり頂戴」

「はいっ、ただいま」

三智子は次第に楽しくなるのを感じていた。皆が私の手から食べ物を受け取る。美味しそうに食べる。カレーの神様になったような、誇らしい気持ちが満ちてくる。

三十分ほど過ぎた頃だろうか。ふいに客足が途絶えた。気づけば、店内には中間管理職風の五十代のサラリーマンが二人いるだけだ。三智子はコップに水道水を注ぎ、一気にあおる。喉が潤うと、再び元気が湧いてきた。鍋のカレーはほとんど尽きた。自分の分を確保するのを忘れたが、もはや気にならない。

先週の金曜日の光景が蘇る。昼過ぎ、アッコ女史は会社に戻ってくるなり、「ランチを食べ損ねたわ」とぼやいていた。からくりが解けたようで、くすりと笑いがこぼれた。

「あれっ、今日もアッコさんいないの？」

という失望に満ちた声がした。見ると、ドアの所に前髪の長い細身の男が立っている。そう、月曜日に会った男だ。名前は確か田島といった。

「すみません。今日も私が代理なんです」

彼の後ろから、同僚らしき若い男が顔を覗かせた。

「カレー二つ、できますか？」

三智子は、あっと小さく叫ぶ。「鍋底が見えたら看板を仕舞え」というマスターの言葉をすっかり忘れていた。青ざめてカウンターを飛び出し、看板を店内に引っ張ってくる。ドアの「ＯＰＥＮ」のプレートを裏返した。

「あれ、まずかったかな。もう売り切れ？」

残念そうな二人の顔を見つめ、三智子は自分を小突きたい気持ちになる。ほとんど空っぽの鍋をちらりと見、唇を舐めた。

他人の要求をただ受け入れるのではない。自分から積極的に他人の期待に応えたい気持ちが湧き上がってきた。ＮＯの前に何かできるはずだ。唐突に、昨日の社長の言葉を思い出した。大阪の青春の味――。

「あの、すみません。新メニューのドライカレーならできるかもしれません。それでもよろしければ」

田島と同僚の男は顔を見合わせたが、にっこりした。

「へえ、この店、新しいメニューなんて出すんだ」

「面白いね。じゃ、それで」

すぐに水の入ったコップを並べた。二人は腰を下ろし、カウンターの中の三智子を見つめる。カレーを食べている五十代の客たちも、興味津々といった様子で、こちらの手元に釘付けだ。
　ご飯はまだたっぷりあったはずだ。冷蔵庫を開けると、卵があって、ほっと
した。玉ねぎとにんにく、ベーコン、バター、ウスターソースを素早く取り出
した。まな板を置き、野菜とベーコンを刻む。わずかにルーがこびりついてい
るカレー鍋を熱し、バターを溶かした。鍋底を菜箸で、がりがりとこそぐよう
にしながら、玉ねぎ、にんにく、ベーコンに続いてご飯を投入し、炒め合わせ
る。見る見るうちに、ご飯はカレー色に染まり、食欲をそそる、香ばしいにお
いを漂わせ始めた。ソースで味を調整し、一口味見する。
　三智子は、二つの皿にカレーご飯を取り分けた。真ん中に窪みを作り、それ
ぞれ生卵を割り落とした。漬け物を添える。
「お待たせしましたっ」
　スプーンと一緒にカウンターに皿を載せると、
「うまそうっ」
　と田島がうれしそうな声を上げた。五十代の客の一人が皿を覗き込んだ。
「美味しそうだな。今度、それを食べてみたい」

三智子は肩をすぼめ、控えめに言った。

「大阪の『自由軒』のメニューを真似たものなんで、オリジナルではないんですが……」

「いや、急場しのぎにしちゃいいアイデアだ」

入り口から声がした。マスターが鍋を軽々と抱え、笑っていた。

「三智子ちゃん、お疲れさま。よし、それを新メニューにしよう。『みっちゃんのドライカレー』だな。ポスター作るか」

三智子はようやくほっとして、笑いかけることができた。

(この店を、社長に教えてあげよう)

と思うと心が弾んだ。


もうどうとでもなれ、という気持ちで、三智子はエレベーターを下り、「雲と木社　営業部」のドアを押す。ニットがなんとなくカレー臭い。

時計を見るのを忘れていた。昼休みが終わって三十分にもなる。恐る恐るオフィスに足を踏み入れると、三、四人の社員が席にいた。村山副部長が声をあげる。

「お帰り、澤田君。お茶もらえるかい」

その口調にとがめる様子はない。もしや、と思い、ホワイトボードに目をやると、「澤田　取引先まで届け物　帰社一時半過ぎ」とある。見覚えのある筆跡だった。突然、ぐいと腕を後ろから引っ張られて、三智子はよろけた。給湯室までされるがままに、引きずられていった。

「アッコさん、ホワイトボード、ありがとうございます」

顔を見なくても、わかっていた。

「『ビスマルク』に行かせたのは私だもの。お昼食べ損ねたでしょ。一週間分のおつり、持ってるわよね。それで、これから何か食べに行きなさい。後は私がうまく言っとくから」

腕から手が離れた。振り返って見上げると、相変わらずのへの字口だけれど、切れ長の目が面白そうに光っている。この人、美人だ。三智子はやっと気がついた。

「お弁当を使って、所属長にプレゼンの前倒しなんて、あなたもやるじゃない。ちゃっかり企画書も添えてあるなんてね」

アッコ女史は、いつものようにお弁当の包みを突き出した。三智子は小さく肩をすくめ受け取った。今日は「黒猫イジワーニャ女王」をモチーフに、「キャラ弁」に挑戦してみたのだ。ご飯の上に載せる海苔を黒猫女王の形にカットし、にんじんの甘煮は数字やクエスチョンマークにくり抜いた。豆腐ハンバーグは、女王の手先のコウモリの形に整えておいた。

「悪くないと思う。編集部に持っていく前に、一度ブラッシュアップしましょう」

「はいっ、ありがとうございます」

勢い良くうなずくと、三智子はやかんに水を満たし、火にかける。

「少しはましな味になったわね。最初に比べて、って意味だけど」

「え？ てっきりお気に召していたのかと……。だって、お母様の味に似ているとか」

突然、アッコ女史は吹き出した。こんなに楽しそうな彼女は初めてだ。

「バカねえ。あんなの嘘に決まってるじゃない。なんだかしょんぼりとした物悲しい味だったわよ。だから、ちゃんとした昼ご飯を食べさせてあげようって思ったの」

「そうだったんですか」

彼女の優しさが染み渡っていく。意を決して顔を上げた。

「私、実は四年付き合った恋人にフラれたんです」

アッコ女史は無反応だが、構わず続けた。

「先週はそのことで落ち込んで、つらくて、つらくて、死にたいくらいでした。でも、考えてみれば、彼と私がうまくいくわけなかったんです」

三智子は言葉を切ると、ポケットからメモを取り出し、アッコ女史に差し出した。

「田島さんとアッコさんだったら、しっくりいくんじゃないかな、って思うんです」

「た、田島くんですって？『ビスマルク』の常連の？」

アッコ女史はほんのりと頬を赤らめた。必死に唇を引き締めているものの、せわしなく目を泳がせている。

「彼から預かった電話番号とメールアドレスです。渡して欲しいって」

「なんですって？　余計なことしてっ。だいたい、彼に私の何がわかるっていうのよ。すごい年下じゃない」

恐ろしい剣幕で、アッコ女史は叫んだ。三智子はひるまない。

「いえ、歳聞いたんですけど、六つ下なだけですよ。シンクタンクにお勤めらしいです。一目惚れだって言ってました。この一年、ずっとアッコさんを見てたそうです。アッコさんと、付き合えたら楽しいだろうなって言ってました。きりっとしていて、でも可愛くて、色んな面を持っている、ミラーボールみたいな女性だって……」

「あーっ、やめて。かゆい！　それ以上聞きたくないわ！」

アッコ女史はメモをひったくった。スーツのポケットに大事そうに仕舞い込むのを、三智子は見逃さない。そのまま、彼女は小走りに給湯室を出ていった。

三智子はお弁当の包みを引き寄せ、結び目を解く。いつものように固く結んであるのに、今日はするりと解けた。ふと両手を広げ、じっくりと指先や短い爪を見つめた。裏返し、今度は手のひらを見つめる。自分の手なのに、初めてちゃんと見た気がした。

今日のお昼は何を食べよう――。

コンロの上のやかんが、しゅんしゅんと身を弾ませている。白い湯気が、給湯室を満たしていった。

# 夜食の
# アッコちゃん

　やっぱり、お弁当は休憩室で食べるべきだった。

　冷えきったご飯の固まりを口に運びながら、澤田三智子は身を震わせた。二月に入ってから、寒さはいっそう厳しくなっている。長袖の制服の上に、セールで買ったダウンジャケットを羽織っていても、露出している指先や鼻の頭は凍ってしまいそうだ。寒風《かんぷう》吹きつけるこんな季節に公園のベンチでお昼を食べているなんて、この芝公園《しばこうえん》、いやいや日本中の派遣ＯＬから探しても、自分ただ一人だろう。せっかく上手に作れたスペアリブと大根の煮物も冷えた脂で白く固まり、味がよくわからない。せめて会社を出る前に電子レンジで温めてくるべきだった。

　箸を持つ手を止め、振り返って公園裏にそびえる東京タワーを見上げる。派遣されたばかりの頃、静岡生まれの三智子は、東京タワーのそばで働けるのが嬉しくてたまらなかった。海外ブランドの紅茶やワインを扱うことで有名な、大手貿易商社「高潮物産《たかしお》」本社営業部で働き始め、五ヶ月が経とうとしている。仕事が嫌いなわけではない。ただ、どうしても——。同僚とランチを共にしたくないだけだ。

去年までの派遣先は良かったなぁ、とつくづく思う。麴町の小さな教材専門出版社「雲と木社」。倒産してしまったけど、最高の上司のおかげで毎日が充実していた。何より、ランチタイムが楽しみで仕方がなかった。月曜日はカレー、火曜日はジョギングしてワゴン屋台でスムージー、水曜日は——。

車のクラクションが高らかに響き、何ごとかと顔を上げると、目がチカチカするほど鮮やかなオレンジ色のワゴン車が公園に乗り入れようとしているではないか。乱暴なコーナリングで砂場を越え、三智子の座るベンチ脇のゴミ箱を派手に倒して、急停車した。逃げ出すことも出来ずに座り込んでいると、運転席からおかっぱ頭が現れた。

「相変わらずしょぼくれた顔しているわね。まだランチ仲間もできないの?」

つっけんどんな口調にポーカーフェイス。それでも、切れ長の目の奥は、茶目っ気と好奇心のきらめきに満ちている。もう我慢できず、叫び声をあげてしまった。

「アッコさん！」

　夢中でワゴンの傍へと駆け寄った。黒川敦子さんことアッコさん――。元・雲と木社営業部長。三智子に営業や企画の基礎を叩き込んでくれただけではなく、プライベートに至るまで様々なことを教えてくれた。ジョギング、読書、資格の勉強方法、そしてお昼休みの過ごし方。聞きたいことが山ほどあって、三智子は口がむずむずするのを感じる。アッコさんの着ているダウンジャケットは、ワゴンと同じ色だ。彼女は三智子を上から下までさっと眺めた。

「その制服は高潮物産よね。この辺り、最近よく通るの。今週あなたを見たのは二回目よ。一人で食事をするのは個人の自由だから全く構わないけど、こんな寒い日にどうして公園なの？　立ち話もなんだから、中に入りなさい」

　ああ、この命令口調――。涙が出るほど懐かしく思いながら、三智子はゴミ箱を立て直し、いそいそとワゴンの助手席に乗り込む。車内は暖房がよく効いていて、冷えきった心が溶けていくようだ。

「アッコさん、今までどこで何をしていらしたんですか？　この半年、何度メールしても返信がなくて心配したんですよ。今は一体どんなお仕事をされて

「……」

「ストップ！」

すがりつかんばかりの三智子を乱暴に押しやり、アッコさんはぴしゃりと遮った。

「タイムイズマネー！　質問されたことにだけ答えなさい」

「すみません。あの、ええと、……一番の問題はチョコレートなんです」

しぶしぶと打ち明けると、アッコさんは怪訝な顔をした。

「チョコレート？　……あ、バレンタインね。今日が四日の金曜日だから、ちょうど十日後の月曜日か」

せっかくアッコさんと再会できたのに、くだらない顚末《てんまつ》を聞かせるのは嫌だったが、仕方なく語り始めた。

清水公子《しみずきみこ》主任を中心とする営業部の女子正社員五名と、派遣の営業補佐七名はことあるごとに対立を繰り返している。三智子はどちらの言い分も理解しているつもりだった。高潮物産が新卒の採用を見送って八年が経ち、女子正社員はいずれも三十歳以上だ。一人当たりの仕事量は激増しているのに、役職は付きにくい。一方、不況の煽りで、派遣社員を取り巻く環境はますます厳しくなっている。正社員の半分ほどの給料で便利使いされてはたまらないだろう。いずれも二十代前半の彼女たちが、資格の勉強やデートのために早く帰りたい気持ちも同じ年代としてよくわかる。

なんとしてでも中立を守りたいのだが、営業部一のやり手、清水主任のお気に入りにして、派遣仲間にも頼られがちな三智子を何かにつけて双方が取り合う格好になっている。最も気を遣うのはランチだ。休憩室で正社員の陰口を聞きながら食べるお弁当。派遣バッシングで燃え上がるホテルのバイキング。やっぱりYESしか言えない自分がいる。角が立たぬように、誘われるまま交互に参加していたら、心も財布ももたなくなった。

どちらにつくか——。今週の月曜日、ついに選択を迫られる事件が起きたのだ。清水主任が朝礼の後、女子社員を集めて唐突にこう言い放った。

「今年のバレンタインから、女子社員がお金を出し合って、男性社員へ義理チョコを配る習慣を廃止しようと思います。時間もお金も無駄だもの。職場にお祭り騒ぎを持ち込むのはくだらないわ」

正社員たちから口々に賛同の声が上がり、拍手まで起きたのに、派遣社員は皆、納得がいかないかのように顔を見合わせていた。一番勝ち気で、リーダー格の猪木沙織《いのきさおり》ちゃんがむっとした様子で発言したのだ。

「私は反対です。日頃お世話になっているのに、こういう時に誠意を見せないのは、女性としてのたしなみや思いやりに欠けると思います」

これはまずい――。派遣の女の子たちのくすくす笑いと、正社員たちのこめかみが痙攣《けいれん》しているのを見比べ、生きた心地がしなかった。その上、いつの間にやら、三智子が派遣の代表として、チョコレート係に任命されてしまったのだ。

「澤田さんが私たちのリーダーってことになるなら、清水主任も納得するしかないでしょう？」

沙織ちゃんは強い笑顔を浮かべ、派遣社員たちから集めた一万二千円を無理矢理押し付けてきた。三智子はお金を出さなくていいから、男性社員十二名分のチョコレートを買ってこい、と言うのだ。噂を聞きつけた清水主任に会議室に呼び出され、トレードマークの眼鏡越しに睨みつけられた。

「ねえ、派遣だけがチョコレートを配るなんて、非常識もいいところよ。私たちの立場を少しは考えてもらいたいわ。澤田さんはもう少し空気が読めると思っていたのに」

一体どうするべきなのだろう——。正直なところ、こんなことで悩むこと自体、くだらなく思えてならない。昨日も仕事帰りに新宿伊勢丹の「サロン・デュ・ショコラ」を覗いてはみたものの、結局何も買わずに帰ってきてしまったくらいだ。

「あーあ、あんな職場やめて、また、アッコさんと働けたらいいのになあ」

ぼそっと漏らしたら、アッコさんは鋭い目つきになった。

「二十四歳にもなって甘えんじゃないの。今いる場所でちゃんとやれない人間が、私の役に立とうなんて百年早いのよ。そんないざこざ、頭の使い方次第でスマートに解決できるはずよ」

「そんなあ……」

「端《はた》で見るほど簡単じゃないわよ。移動販売の仕事は！」

三智子はこの派手な車のことを思い出して振り返る。運転席と助手席の背後は天井までカーテンで仕切られていて、ワゴン内部がどうなっているのか、全く見えない。

「この車で何か売っているんですか？」

「スムージー屋の女主人のコニーさんを覚えているでしょう？　彼女とね、会社を立ち上げたの。現在それぞれワゴンを一台ずつ受け持って、都内を回ってる。今日は東京タワー前で商売してきた帰りよ。ランチタイムは観光地やオフィス街を回るの。平日は毎日違う場所に出店しているわ」

「えっ、月曜から金曜まで毎日ですか？」

以前、どこかで聞いたような話だった。

「毎日同じ場所でやるんなら、固定店舗と変わらないでしょう。移動販売のウリはね、まずサプライズ感。そして、ニーズを見つけたら、いつであれ、どこであれ、こちらから訪ねていけるってこと。こういう仕事は客に飽きられたらおしまいなの」

「なるほど！」

「今は小さい規模だけれど、ゆくゆくは全国でフランチャイズ展開して、固定店舗も立ち上げるつもりよ。雲と木社で培った営業ノウハウを活かすの。業種は違うけど、根幹は一緒なのよ。これからはね、ビジネスは自分の手で作り出す時代なのよ」

堂々と語る彼女に感動してしまう。さすがはアッコ女史――。二十年以上勤めた会社が潰れたというのに、わずかな期間でここまでの展望を拓《ひら》いているなんて。そう、アッコさんと一緒にいると、こんな風にぐんぐんと視界が広がっていくのだ。気付いたら、力いっぱい叫んでいた。

「アッコさん、私もやります！　是非、お手伝いさせてください」

「はぁ？　会社はどうするのよ？　飲食サービスなのよ。興味なんてあるの？」

「会社はいつでも辞めます！　料理は得意だし、車の免許も持っています。アッコさんと一緒に働けるなら、私なんでもやります」

責任を投げ出すことに多少気がとがめたが、爽快感が勝っていた。あんな煩わしい人間関係、もうたくさんだ。観念したようにアッコさんはため息をつく。

「じゃあ、面接代わりに、私と一緒に働いてみなさい。会社勤めと重ならない時間を選ぶから、両立できるはずよ。来週一週間様子を見てあげる。弱音を吐いたり役に立たなかったら、即不合格。ほら、早く外に出なさい」

助手席のドアを開けると、冷たい風が吹き付けてきたが、もはや気にならない。アッコさんは運転席を降りると車の反対側をぐるっと回り、後部ドアからワゴンに入っていった。しばらくして、蓋付きの発泡ポリスチレン製容器と、ナプキンに包んだプラスチックスプーンを手に車から出てきた。

「はい。私たちが売るのはこれ。よく味を覚えるのよ」

差し出された丼大の容器は温かく、両手にすっぽり収まるフォルムが心地好い。アッコさんはさっさと運転席に戻っていく。

「じゃあ、来週の月曜日の終業後に直接迎えに行くわ。かなりハードだから、体調だけは整えておきなさいね」

「あの、迎えに来ていただけるって、何時にどこに……」

返事の代わりにアッコさんはアクセルを踏んだ。荒い運転でワゴンをバックさせ、再び車道へと戻っていく。走り去る車体を見つめていたら、大きく書かれたロゴにようやく気付いた。「東京ポトフ」――。

容器の蓋を取るとふんわりした湯気が喉をくすぐった。澄んだスープに大ぶりの人参、じゃがいも、クローブを刺した玉ねぎ、かぶ、セロリ、豚肉のかたまりが沈んでいる。一口飲んで、目を見張った。野菜と肉を煮るだけの簡単な料理である。正直、なんだ、ポトフか、と拍子抜けしていたのだ。しかし、このポトフは、これまで経験したことのない洗練された味がした。喉を滑り落ちていく熱いスープは見た目よりはるかにコクがあるのに、胃に落ちるとハーブの爽やかさが広がり、脂を洗い流してくれる。スプーンの先端にはギザギザが入っていて、具を崩しやすい。野菜はほくほくと甘く、肉はとろけるような柔らかさだ。素材の一つ一つがくっきりと個性を持ち、それでいて調和が取れたふくよかな味わい。これなら商売になる——。

三智子はベンチに腰掛けると、ふうふうと、夢中でポトフを平らげた。体の隅々まで温かさが行き渡っていくようだった。

火曜日

アッコさん専用の着信音「ひみつのアッコちゃん」で目が覚めた。寝ぼけ眼《まなこ》で枕元の携帯電話を引き寄せる。

「今すぐ支度して、外に出なさい。コートは必要ないわ」

通話は一方的に途絶えた。ベッドの隣で寝ていた恋人の笹山隆一郎も目を覚ましてしまったらしく、うーん、と頭を掻きながら唸っている。

飛び起きて、蛍光灯の紐を夢中で引っ張った。一階の店とほぼ同じ面積の十二畳ワンルームには収納スペースもなく、隆一郎の蔵書と三智子の持ち物で溢れ返っている。隆一郎の経営する、児童書専門の古書店「ハティフナット」の二階で暮らし始めて三ヶ月。神保町古書店街での生活にもようやく慣れた。それにしても、まだ一度も話していないのに、アッコさんは何故ここに越したことを知っているのだろう——。

カーテンとサッシ戸を開け、深夜の靖国《やすくに》通りを見下ろすと、しんとした車道の脇に例のワゴンが停まっている。背の高いアッコさんが腕組みして寄り掛かっているのが見えた。昼間は随分と派手に見えたオレンジ色は、深く光り輝くようで、東京ポトフのロゴもくっきりと浮かび上がっている。

「ミッチー、どうしたの？　今、明け方の三時だよ！」

部屋中走り回ってばたばたと身支度を整える三智子に向かって隆一郎はベッドの上で眼鏡を捜しながら叫んだ。確かに月曜日の終業後とは聞いていたけれど、まさか日付の変わった後だとは。てっきり忘れられたのだと思っていた。

「起こしてごめん！　アッコさんが下まで迎えに来ているの。行ってきます！」

「そっか。アッコさんの命令なら逆らえないよな、ね、ちょっと待って」

隆一郎はあっさり納得してベッドを降り、一階に通じる階段を駆け降りようとする三智子に追いつくと、自分のマフラーをぐるぐると巻いてくれた。愛おしい気持ちでいっぱいになって、恋人のにおいに顎をうずめ、店の裏口から外に出た。隣の店との間の細い通り道を抜け、通りに飛び出す。昼間とは比較にならない、氷のような外気に眠気が吹き飛んだ。

「遅い」

アッコさんは短く言うなり、運転席に乗り込んだ。三智子が助手席のドアに体を滑らせシートベルトを締めるなり、ワゴンは走り出した。ほとんど車の行き来がない靖国通りを、ヘッドライトの光が切り取っていく。デビッド・リンチ映画のワンシーンのような光景に、三智子はだんだんと不安になり始めた。

「あの、こんな夜更けにポトフを買ってくれるお客さん、本当にいるんですか？」

「あなた、世の中の人間が全員、朝起きて夜寝ると思っているの？　皆、あなたみたいに九時から六時のタイムスケジュールで働いていると思ってるの？」

「え……」

「こんな時間に仕事をしていたら、何か温かくて胃の休まるものを食べたいと思うものじゃない？　ランチだけじゃなく、夜食の移動販売もするのが東京ポトフ、最大のウリよ」

予想もしなかった返答に、三智子は目を丸くした。

「言ったでしょ？　移動販売の良さは、いつであれ、どこであれ、こちらから訪ねていけるってことだって」

どうやら、三智子が考えているよりもずっと大きくて、色んな顔を持っているみたいだ。東京もアッコさんも。

午前四時の新宿歌舞伎町《かぶきちょう》は、無数のネオンのせいで昼間のように明るく、人通りも多かった。

旧コマ劇場前広場の横にワゴンは停車した。素早く車を降りるアッコさんの後を追いながら、三智子は心配になる。広場の一角に段ボール小屋があり、この寒いのに中でホームレスが寝ているようだ。通りでは、酔っぱらった男たちと警官がもめている。こんな危険な場所で商売して本当に大丈夫なのだろうか。

「ここは私有地よ。ちゃんと賃料は払ってあるから」

アッコさんはこちらの気持ちを察したように言い、お揃いのダウンジャケットを投げてよこした。袖を通すと、軽くて暖かい。

「私は調理、あなたは接客担当。ワゴンの周囲に折り畳みのテーブルと椅子を組み立てて並べて。照明器具と暖房を発電機につないで」

　ワゴンの後部ドアから出入りしながらアッコさんはてきぱきと指示し、こちらに折り畳み椅子を手渡してくる。ちらりと見えたワゴン内部には複数のボンベ、シンク、作業台にレジ台、小型冷蔵庫まで設置されていた。ガス台の上には驚くほど大きな寸胴鍋が二つ。バゲットやおむすびが山盛りになった大皿も目に入る。

　丸テーブル三つ、折り畳み椅子十二脚を広場にセットし、照明器具と暖房のコンセントを、車載の発電機につなぐ。その間にアッコさんは、開け放した後部ドアに、東京ポトフと書かれたのれんを吊り下げ、ラジカセのスイッチを押した。フレンチポップスが流れ出し、ぐっと華やいだ雰囲気が生まれる。三智子が黒板にメニューを書き写していると、やや甲高《かんだか》い男の声がした。

「もう買える？」

「はい、いらっしゃいませ」

　あちこちをツンツンに固めた複雑な髪型の男が立っていた。コートの下の光沢のある黒のスーツや、開いた胸元。一目でホストだとわかる。アルコールのにおいがぷんぷん漂っていた。

「いらっしゃいませ、ジュンヤさん。お仕事お疲れさまです」

聞いたこともないような、晴れやかなアッコさんの声にびっくりした。ワゴン内で容器にスープを注ぎながら、彼女は愛想の良い笑顔を浮かべている。

「肉なし。野菜のみで。太るから炭水化物もいらない。コール入ってテキーラ一気しちゃって胃がキリキリするよ。こないだの、あれ、できる?」

「はい。大根おろし、たっぷりですね。こちらで召し上がりますよね」

大きなタッパーには雪のように輝く大根おろしがぎっしり詰まっている。アッコさんはレンゲですくうと、ポトフの上にたっぷりのせた。ポトフに大根おろし? 三智子は目を奪われながらも、ジュンヤさんから千円札を受け取り、お釣りの四百円を差し出した。ポトフは六百円、プラス百円でバゲットかおむすびを付けられる。

「彼女、可愛いじゃん。初めて見る顔だよね。今度、うちの店に遊びに来ません?」

ジュンヤさんが名刺を押しつけてきたので、救いを求めるようにアッコさんを見たが無視された。彼は着席するなり、さっそく大根おろしを突き崩していく。

「どこも不景気でさ、送り専用のドライバーも雇えないくらいなんだよ。だから、始発まで時間が潰せる店ってありがたいよ。それに、無茶な飲み方しても、ここのスープで夕方までには体が回復するって評判なんだよ」

お客さんはどんどんやってきた。ホストだけではない。髪を高々と結い上げた夜の蝶たち、黒服らしき男性らが「ポトフ、大根おろし付き」を次々に注文していく。テイクアウトの客が六割、その場で食べる客が四割。お釣りと商品の受け渡しだけでも、目の回るような忙しさだ。普段は調理だけではなく接客も一人でこなしているなんて。尊敬の眼差しを寸胴鍋の湯気の先に向けた。

東の空が白々とする頃、ひときわ妖艶な美女が姿を見せた。カシミアの黒いロングコート、明るい茶色の髪をゴージャスに盛り上げ、作りもののように大きな目は長いまつげに縁取られている。つややかな唇から蜂蜜みたいに甘い声が漏れた。

「ポトフ、肉抜き、大根おろしで。今日もあれ、用意してもらえたかしら」

「レイカさん、いらっしゃいませ。はい。ブーケガルニですね」

アッコさんはにっこりすると、何やら緑色の束を差し出した。パセリやハーブを麻紐で束ねた緑のブーケは、辺りを爽やかにするような瑞々しい香りを放っている。

「ありがとう。これさえ一緒に煮込めば、自宅でこのお店の味を再現できるんだからホント最高。お客様にいただくバラの花束も嬉しいけど、仕事終わりにはこのポトフが一番」

ブーケガルニに小さな顔をうずめ、レイカさんは心から嬉しそうだ。彼女は近くのテーブルにつくと、ブーケガルニをシャネルのバッグに大切そうに仕舞い、iPhoneを取り出した。スワロフスキーで彩られた長い爪をカチカチさせて、ポトフを撮影する。

「アッコさん、またブログにアップしておくわ。『アゲ嬢レイカのお気に入り』って感じで」

「ありがとうございます。レイカさんのブログの宣伝効果には助けられます。うちのような店は口コミが命ですから」

三智子はほうっと感心して、アッコさんとレイカさんを見比べた。

「レイカさんは接客のプロよ。お店の女の子にも慕われているの。あなた、せっかくだし、会社の相談にのってもらえばいいじゃない。この子、昼間はOLなんですよ」

他の客たちからも好奇心に満ちた視線が集まってきて、何か言わないわけにはいかない。

「あの、ええと、会社のランチの空気が悪くて……。女子社員同士のいざこざで……」

レイカさんはスープを啜りながら、こちらの話に何度もうなずいてくれた。

「わかるなあ。女の子同士って時々険悪になるものね。そういう時は、みんなの話の流れに合わせるんじゃなく、自分から話題をふればいいのよ。こちらから提供できるネタが多ければ多いほど、人間関係って楽になるわよ。ささいな、くだらないことでも構わないから」

自分から話題を提供するなんて、考えたこともなかった。

「思いついたわ。明日、これを付けて会社に行くの。ナチュラルに盛れるから普段使いにいいって、お店の女の子に大人気なの。話題があなたに集中するんじゃない？」

レイカさんはそう言って、バッグから小箱を差し出した。お礼を言って中身を確認しようとした瞬間、背後のアッコさんが小さく叫んだ。

「綺麗な朝焼け……」

顔を上げると、東の空が金色と桃色に見事に染めわけられていた。

## 水曜日

お堀が見えてきたというのに、運転席のアッコさんはまだゲラゲラ笑っている。メーターパネルの時計は午前二時を少し回ったところだ。

「ああ、おかしい。びっくりしたコケシみたいな顔じゃない」

三智子は恥ずかしくなって、付けまつげをピリッとはがした。会社では好評だったのに。

昨日の朝、レイカさんから貰った小箱を開けてみたら、なんと付けまつげと専用の糊が入っていたのだ。普段だったら絶対にしないところだが、寝不足でアイメイクでは誤魔化しようがないほど目が腫れぼったい。思い切って説明書を片手に、眉毛用のハサミで目の幅に合わせて付けまつげをカットし、瞼に這わせるようにして糊で装着したのだ。

ドキドキしながら出社したら、女子社員たちの注目が面白いように集まった。

——プチ整形したの？　いつもと顔が違う！

昼休みが始まるなり、正社員も派遣社員も一度に詰めかけてきた。皆、よほど変化の秘密を聞き出したかったと見え、三智子を社員食堂に連れ出して取り囲んだ。それぞれのメイク談義でひとしきり盛り上がり、いつになくなごやかなランチタイムだった。

「レイカさんの言う通り、本当にちょっとしたことで空気って変わるんですねえ。私ももう少し、色んなことにアンテナを張ろうと思いました」

付けまつげをポーチに仕舞いながら、三智子はしみじみとつぶやいた。

「ということは、当然チョコレート問題も解決できたんでしょうね」

「いえ、それはまだ……」

「バカねえ。せっかく全員が集まった貴重なチャンスだったのに」

ワゴンは日比谷《ひびや》の、碁盤の目のような街に入り込む。懐かしい——。麴町で働いていた頃、昼休みにジョギングをした道だった。たどり着いたのは、大手新聞社のオフィスビル前広場だ。

「もしかして、今日のお客様は新聞社の社員さんなんですか？」

昨日と同じようにテーブルや椅子を並べながら、三智子はワゴンのアッコさんに向かって質問した。

「ええ、そうよ。ここの新聞の降版時間は午前一時四十分。ゲラのチェックが済む頃だから、もうすぐ整理記者が一斉に降りてくるはずよ」

「セイリ記者？」

耳慣れない言葉に首を傾げつつも、照明器具や暖房を設置する。

「会社が手配するタクシーで帰る前に、一息つきたい人が多いの。昨日と違って、アルコールも出すから忙しいわよ」

にぎやかな歓声と共に、社員通用口から五、六名の中年男性がこちらに向かってやってくるのが見えた。

「おっ、来てる、来てる。東京ポトフ！」

「やった！　ビールだ、ビール」

三智子は、いらっしゃいませえ、と叫び、ラジカセのスイッチを押した。

「ポトフ大盛り。肉多め。おむすび二つ。あとアサヒの瓶ね」

男たちはいずれもカジュアルな出で立ちに無精髭、テレビドラマで見るような新聞記者とやや印象が異なる。

「お疲れ。いやあ、いつもながら出稿が遅くて、ギリギリの組み上げだったな」

「このレイアウトどう？　横見出しにする必要なかったんじゃないかな」

　囲んだテーブルの真ん中に、新聞の一面が印刷された紙を広げ、あれこれと意見を交わしている。ビールを運んできた三智子に気付くなり、堂々たる体格の男性が慌てて紙を手で隠した。

「おっと、商品になる前の新聞を見られちゃまずいな」

「いいじゃないですか、林《はやし》さん。後一時間もすれば、朝刊が配られる時間なんですから」

　林さん、と呼ばれたその男性は、それでも大事そうに紙を四つに畳む。

「いやいや、ポストに入る前に新聞が読めるのは俺たち、整理記者の特権だろ？」

「すみません。あの、整理記者ってどういったお仕事なんでしょうか？」

　遠慮がちに質問すると、林さんはいかにも話し好きらしく隣の椅子を引いた。

「まあ、座りなさい。アッコさん、この子にもビール！」

　アッコさんが頷いたので、三智子はためらいながらも腰を下ろす。

「いいかい。新聞のどこにどの記事を載せるか、写真のレイアウトや見出しをどうするか、それを決めるのが整理部だ。仕事が本格的に始まるのは、その日のニュース記事が届く午後八時以降。昼と夜がひっくり返った生活をしているんだ」

新聞とはそんな風に作られているのか。考えてみたこともなかった——。林さんはアッコさんが運んできた瓶ビールを、コップに注いでくれた。恐縮しながらも口をつけたビールは、夜明け前の澄んだ空気の中で飲むせいか、じんと体に染み入るようだった。

「君、新聞は読むかい？」

一人がにやにやしながら質問してきて、三智子は小さくなった。

「あ……、いえ……、ネットニュースなら一応チェックしているんですけど」

嫌な顔をされると思ったが、笑いが起きた。

「まあ、そんなもんだろう。アメリカ同様、新聞の未来は先細りだよ。俺たちの仕事も十年後はないかもしれない。でも、紙で読むニュースにはいい面があるんだよ」

林さんは咳払いした。

「ネットだと、結局興味を引かれる記事しか目に入らないだろう。大きな紙を広げて読むことで、世界のあらゆる情勢、スポーツ、文化がいやでも平等に目に飛び込んでくるんだ。広い視野を持つためにはまだまだ必要な媒体だと思うよ」

林さんはいかにも美味しそうにポトフを平らげ、アッコさんに向かって声をかける。

「ここのポトフは旨いねえ。さすがフランスで修業しただけのことはあるよ」

驚いて、アッコさんの方を向いた。この半年、連絡が取れなかったのはそのためか――。

「深夜販売っていうのが泣かせるよ。今度、文化面の記者に話してみる。是非、うちで紹介記事を載せたいもんだね」

「まあ、ありがとうございます。後で名刺をお渡ししますね」

新しい客にポトフをよそいながらも、アッコさんは林さんににっこり会釈をした。三智子はビールを飲み干すと勢い良く立ち上がった。

木曜日

内堀《うちぼり》通りを南下していると救急車に追い越された。運転席のアッコさんが、

「冬は事故や怪我が多いのよね」

と、一人言のようにつぶやいた。明け方の三時半。とうに灯りの消えた東京タワーが暗い曇り空に溶け込んでいる。

「ねえ、アッコさん。もしかしたら私、派遣社員側につくかもしれない――」

ぽつりと漏らしたら、アッコさんが呆れたように顔を向けた。

「またチョコの話？　何よ、まだ解決できてないの？　もう木曜日よ？」

「いや、実は昨日の朝、営業部長と二人きりで話す機会があって――」

始発まで働いた後、ほとんど寝ずに七時半に出社した。給湯室でコーヒーを何杯も飲むと、毎朝配達されてくる新聞五紙をさっそくデスクに持ち込み、隅から隅まで目を通した。林さんたちの作り上げた紙面は、とりわけ丁寧に読み込んだ。真新しいインクと紙のにおいが心地好い。

「早くに出社して、新聞を読むなんて、今時の若い子にしては珍しいねえ」

顔を上げると、松尾《まつお》部長がコートを脱ぎながら、いかつい顔をほころばせていた。

「おはようございます。すみません。すぐにコーヒーを……」

「いいんだよ。座ってなさい。ただ、読み終わったのなら日経新聞をもらえるかな？」

朝日の差し込むオフィスに部長と二人きり、離れた席で互いに新聞を読んでいるのは、不思議な気分だった。

「澤田君は人がいいから、板挟みになっているんじゃないか？　派遣と正社員の……」

唐突にそう言われて、ぎくりとした。新聞で顔が隠れ、部長の表情はわからない。見ていないようでよく見ているのだ。

「正社員は、時々キツい要求をするだろう。申し訳ない。でも、君の力を信頼してのことなんだよ」

三智子はアッコさんの横顔に向かって、自らにも言い聞かせるように訴えた。

「部長にまで気を使わせてしまっているなんて。この機会に、なんとかして女子社員の不仲を解決するべきだと思えてきました。あと、沙織ちゃんの意見にも一理あると思います。日頃の感謝の気持ちを表せる数少ないイベントなんですから。私は部長や男性社員の皆さんにチョコをプレゼントする習慣、そう無意味には思えません」

「ふーん。それなら、清水主任の顔をつぶさない方法を考えないと」

「そこなんですよね……」

考え込んだ瞬間、ワゴンが急停車した。アッコさんがかすかに笑っている。

「ほら、着いたわよ。おかしいわねえ。話を聞いていると、あなた、ちっとも会社を辞める気なんてないみたいに聞こえる」

言葉に詰まって、シートベルトを外す。暗闇にそびえる大きな建物はどうやら病院で、ここは敷地内の駐車場のようだ。窓のいくつかに灯りが見え、大勢が働いていることがわかる。アッコさんに遅れずに車を降りた。

「今までと違って、ここのお客様は基本的に皆、勤務中。商品とお釣りの受け渡しは素早くね。特に、看護師さんは三交替の深夜勤のまっただ中だもの」

「三交替?」

首を傾げると、背後で低くてよく通る声がした。

「日勤、準夜勤、深夜勤。二十四時間を三等分にした看護師の勤務スケジュールよ。アッコさん、ポトフとおむすび、七セットお願いできる? ＩＣＵは急患で満員。皆なかなか持ち場を離れられなくて、飲まず食わずなのよ」

ナース服の上にカーディガンを羽織った若い女性が、五千円札を差し出している。いらっしゃいませ、と頭を下げて両手で受け取った。形の良い額をむき出しにした、いかにも有能そうな女性だ。

「我孫子《あびこ》さん、お疲れさまです。少々お待ちください」

アッコさんは軽く会釈すると、容器に素早くスープを注いでいく。三智子から釣りを受け取りながら、我孫子さんと呼ばれた女性は淡々とした口調で言った。

「この時期は特に忙しいから、休憩もとれないまま朝になることが多いのよ。院内のコンビニは閉店しているし、こういうお店は本当にありがたいわ」

アッコさんから受け取った二つの紙袋がずしりと重かったので、

「あの、一緒に運んでよろしいですか？」

と、声をかけた。我孫子さんはうなずくと踵《きびす》を返し、サンダルをぺたぺたさせて歩き始める。三智子は両手に紙袋をぶら下げ、後を追いかけた。深夜の医療現場――。不謹慎極まりないが、ドラマのような非日常感に胸が高鳴る。

我孫子さんに続いて急患用受付から院内に入り、消毒液のにおいが漂う無人の廊下を進み、エレベーターに乗り込んだ。ベッドや車椅子にも対応できるよう大きく作ってあるため、がらんとした印象だ。

「ここのポトフ、本当に寿命が延びるみたいな味ね。患者さんにも食べさせたいくらい」

エレベーターが上昇するゴウゴウという音を遮るように、我孫子さんは口を開いた。蛍光灯に照らされた横顔が一瞬、ふっと緩んだ。

「知ってる？　一人で食事をするより、誰かと一緒に食べた方が長生きするのよ」

「それ、よく聞きますけど、どうしてなんですか？」

「誰かと一緒に食事する時って、品数が増えることが多いし、温かい汁物も一緒にとるようになるじゃない。だから、消化が良くなるの。時間をかけてゆっくり食べることになるでしょう。自然とよく嚙むようになるから食べ過ぎなくて済む。いいこと尽くめよ」

確かに隆一郎と暮らすようになってから、食事には気を遣うようになった。こんな無茶な働き方をしても風邪をひかないのは、そのためかもしれない。

「こういう仕事していると、深夜に一人で食事することも少なくないんだけど、最近では出来るだけ温かいものを一緒にとって、よく嚙んで食べるようにしているの。こんなポトフはぴったりね。食べることは生きることだもの」

エレベーターの扉が開く。一緒に降りようとする三智子を、ここでいいわ、と制して、我孫子さんは紙袋を受け取り、にこりともせずに言った。

「アッコさんと働けるなんていいわね。あの人が看護師長だったら頼もしいと思うわ」

左右のドアがゆっくり閉まり、我孫子さんの姿が細くなっていく。精一杯の敬意を込めて頭を下げながら、ナース姿のアッコさんを思い浮かべて、三智子は噴き出しそうになった。

金曜日

「食べることは生きること……。一杯の温かい飲み物が人と人の心を繋ぐんですねえ」

ワゴンはまるで異国のような、深夜の銀座を突っ切っている。和光《わこう》の時計台は午前三時を回ったところだ。助手席の三智子がうっとりしていると、アッコさんは鼻を鳴らした。

『かたつむり食堂』や『食堂かもめ』みたいなほっこりしたこと言ってんじゃないわよ！」

「アッコさん、それを言うなら『食堂かたつむり』と『かもめ食堂』ですよお。本当なんですってば。看護師の我孫子さんに聞いた話を昨日、会社でしたら――」

昨晩、十時を過ぎてもオフィスに残っていたのは清水主任と三智子の二人だけだった。バレンタインのいざこざ以来、向こうはつれない態度だが、今は気にもならない。ろくに睡眠もとらず昼も夜も働いているせいか、ランナーズハイのような奇妙な高揚が生まれつつあった。しなくてもいい残業を二つ返事で引き受けたほどだ。

販促会議の資料作りが一区切りついたところで、真向かいに座る清水主任が目に入った。コンビニのサンドイッチのセロファン包装を破りながらも、目はパソコン画面に向けられたまま。あれが夜ご飯――。急に居ても立っても居られなくなり、席を立ち給湯室に向かう。買い置きしてある粉末のコーンスープをマグに入れ、ポットのお湯を注いだ。

「一人の食事の時ほど、よく嚙んで、温かいものを一緒にとらないと長生きできないそうですよ。看護師の人の受け売りなんですけど」

清水主任の背中に声をかけ、思い切ってマグをデスクに置いた。心底驚いたような顔で、彼女は椅子ごと振り向いた。乾いた肌に疲労が滲んでいる。

「……母もよく、同じようなことを言ってたわ。それと……」

清水主任はややあって小さく息を吐き、眼鏡と髪のクリップを外した。思いがけないほど豊かな黒髪が胸に流れ、シャンプーの香りが漂う。男性社員にさえ怖がられている普段の姿が嘘のような女らしさだ。

「お前は可愛げがないから苦労するぞ、ってね。でも、仕方ない。それが私だもの」

それきり彼女は押し黙り、両手でマグを抱えた。しんとしたオフィスには彼女がスープを啜る音だけが時折響いていた。

ここまで話し終え、三智子はふっと溜め息を吐いた。

「一人暮らしのお年寄りとか……、ご飯を一人で食べなきゃいけない人って大変ですよね。私ならすぐ投げやりな食事になっちゃいそう」

「人の心配している暇があったら自分の心配しろっての。今時の老人のパワー見くびるんじゃないわよ。ほら、もう着くわよ」

アッコさんは素っ気なく言い、中央市場前交差点を右折する。Uターンすると、国立がんセンター前の駐車場へと入っていった。

ワゴンから一歩外に出ると、海のすぐそばのせいか凍えるような寒さだった。冷たい潮風は容赦なく、肌と髪に吹き付けてくる。通りを挟んだ築地《つきじ》市場正門に、次々とトラックが吸い込まれていくのが見えた。アッコさんが後ろのドアから真っ先に運び出したのは、折り畳み式の手押し台車だった。

「これにポトフの鍋を載せて、築地市場場内に運ぶの。競りの準備が始まる頃だから中はとにかく大忙しよ。ぶつかったり迷子になったりしないように、私を絶対に見失わないで」

「築地市場ですか？　あの、いいんですか？　勝手に入って商売なんかして。業者さんの邪魔になったりしないんですか？」

「話はついてるの。迷惑にはならないわ。それに今日は商売しないもの」

何が何やらわからないまま、腕が抜けそうなほど重い寸胴鍋二つ、積み重なった容器、おむすびの入ったバットも一緒に台車に移動する。ずんずんと前を行くアッコさんを追って、重たい台車を押し進めながら、通りを渡り門を潜った。

市場内の路面は濡れていて、ブーツが滑りそうになる。奥に進むほど魚のにおいが強くなった。ゴム長の卸業者たちが、大声をあげながら行き交い、夜明け前とは思えないほど活気に満ちている。正面から小型運搬車やフォークリフトが、追突せんばかりの勢いで次々にやってくるので、台車をよけるだけで精一杯だ。道端に巨大なマグロがいくつも横たわっているのに見入ってしまう。

「ほら、ぼうっとしない！　着いたわ。ここが『魚《うお》がし横丁《よこちょう》』」

トタン屋根で覆われた、商店がずらりと立ち並ぶ一角に足を踏み入れる。四時前だというのに、中の寿司屋には行列ができていた。アッコさんは台車から寸胴鍋の一つを軽々と持ち上げ、喫茶店らしき店に体を向けた。白い看板には「珈琲店　滋養《じよう》」とある。

「この辺りでも一番の早開きの老舗よ。三時半から開店しているの」

両手が塞がったアッコさんに代わり、三智子は引き戸に手をかけた。珈琲のいい香りが立ちこめる、カウンターだけの細長い店。市場関係者や仲買人と思われる、五、六人の客がスポーツ新聞を読みながら、カップを片手に寛《くつろ》いでいた。アッコさんは物慣れた様子でカウンター内に鍋を運び入れている。ボウタイにチョッキ姿の白髪のご主人がこちらを見るなり、にっこりと微笑んだ。

「やあ、黒川くん、今日もよろしく頼むね。澤田くん、おはよう」

「しゃ、社長！」

目の前にいるのは確かに元・雲と木社の社長ではないか。入り口に立ちすくんでいると、二つ目の寸胴鍋を抱えたアッコさんに突き飛ばされそうになった。

「ははは、もう社長じゃないよ。珈琲店のマスターさ。その節は迷惑をかけたねえ」

言葉を失っていると、客の一人が腕を突《つ》いてきた。

「おねえちゃん。西洋おでん、今日はもうもらえる？」

彼が顎をしゃくった壁のポスターに目をやれば、

「おかげ様で九十周年。感謝を込めて毎週金曜日は西洋おでんとおむすび無料サービス」

とある。西洋おでんとは、どうやらポトフのことらしい。

「はい、ただいま！　今届きましたので、すぐにご用意させていただきますね」

奥からひょいと顔を出したのは、白髪のショートヘアが上品な老婦人だ。社長に寄り添うようにして、寸胴鍋に火を入れている。アッコさんはいつの間にかエプロンを身につけていて、カウンター内でトーストをざくっと切り分けながら、三智子に命じた。

「あなたは邪魔だから、今日はそこに大人しく座ってなさい」

戸惑っていると、目の前に湯気の立つ珈琲が差し出された。

「この店はね、大正十年に創業したんだ。彼女は三代目のオーナーだよ」

社長が、客にポトフをよそう老婦人に好もしそうな視線を送っている。年季が入った電動ミルや飴色のレジに自然と目が吸い寄せられた。

「今年九十周年を記念して、特別なサービスをやろうということになったんだよ。黒川君がフードビジネスを始めたと聞いていたから、アイデアを貰おうと思ってね」

一口飲んだ珈琲の豊かなアロマに、思わず目をつぶった。

「彼女とは高校の同級生だったんだよ。会社を失ってぼんやりしていたら、声をかけてくれたんだ。お互い独身だし、いつの間にか、ね」

社長は悪戯っぽく皺の刻まれた手を裏返した。結婚指輪が輝いていて、三智子はあっ、と声をあげそうになる。社長はカウンター越しにひそひそと耳打ちしてきた。

「もちろん、かつての部下にタダ働きさせるつもりはないよ。妻の築地のコネを使って、無農薬野菜と上質な国産豚を安く手に入れられるよう、ルートを作って提供しているんだ」

また、ポトフの美味しさの秘密が一つわかった——。カウンターにはずらりとポトフが並び、築地の男たちのたくましい横顔を、ふっくらした湯気で包んでいく。

## 土曜日

「はい、着いた。起きなさい、この寝ぼすけ！　これで最後だからシャキッとなさい」

アッコさんに乱暴に肩を揺さぶられ、やっと目が覚めた。神保町を出発してからすっかり眠り込んでいたらしい。三智子は目をこすりながら辺りを見回す。闇に包まれ、建物らしい建物もない。どこまでも金網が続いていて、その先には広大な空き地が広がっているようだ。

「埼玉県川口《かわぐち》市よ。今日はケータリングサービスの仕事……って、よだれが出てるわよ！」

　赤くなって唇に手をやるも、あくびが抑えられない。とにかく眠くて、昨日一日どうやって会社で働いたのかさえ、よく覚えていない。ハキハキと腰の軽い三智子がいつになくぼうっとしているので、誰もが心配そうだった。あの女王様体質の沙織ちゃんまでが、

「顔色悪いよ？　少し医務室で休んできたら？」

　と、不安気に声をかけてきたほどだ。申し訳なく思いつつも、時々トイレで仮眠をとりながら、どうにか終業まで持ちこたえた次第だ。

「ああ、ついに土曜日か。月曜日はバレンタイン。どうしよ……」

　あくび混じりにぼやいたら、アッコさんはふん、と鼻を鳴らした。

「あんたって学習しない人間ねえ。この四日間で、ヒントはいくらでもあったはずよ。誰も傷つけず、事態を丸く納める方法の」

　えっ、と聞き返したが答えはない。金網の途絶えたところでワゴンは左折し、空き地の中へと入っていく。遠くに灯りが見えた。どこからともなくジャンパー姿の若い男がペンライトを手に飛び出してきて、険しい表情で運転席のドアを叩いた。アッコさんは窓を開け、顔を突き出した。

「あの、ただ今映画の撮影中なんで、通行は……」

アッコさんは平然と返した。

「望月《もちづき》監督に頼まれて、ケータリングサービスに伺いました。望月監督の知り合いです」

望月監督、と聞くなり、彼の顔がたちまち畏《かしこ》まった。

「あ！　うっかりしてました。黒川さんですね。失礼しました。お通りくださいませ！」

真っ暗な更地《さらち》をぐんぐんと突き進むと、ライトアップされた廃墟のオープンセットが現れた。周辺にはたくさんのワゴンやトレーラーが停車している。照明器具やカメラ、そして人が所狭しと並び、地面には複数の導線が絡まりあっていた。

ざっとみて、五、六十人のスタッフが白い息を吐きながら、立ち働いている。

すごい、これが映画の撮影現場——。

「おはようございます。東京ポトフが出張に参りました！」

アッコさんが運転席を飛び降りるなり、ワッと歓声が起こる。腹減ったー、神の恵みだー、という叫びの数々が、三智子にはなんとも嬉しい。真っ先にこちらに走ってきたのは、中折れ帽子に丸い眼鏡、黒いコートに身を包んだ小柄な男性だ。三智子はさほど映画には詳しくないが、雑誌やテレビで何度か目にしたような顔だった。

「黒川！　わりいな。こんな時間に辺鄙《へんぴ》な場所まで！　助かるよ！」

「いいって、いいって。モッチーの頼みだもん」

アッコさんがこんなに気さくな笑顔を浮かべるなんて、一体どういう間柄なのだろう。肩を叩き合う二人を見つめるうちに、ふいに初めてといっていいほど、胸がざわざわしてくるのを感じた。

所詮、自分は永遠にアッコさんの部下でしかない。こんな風に打ち解けて対等に話せることはこの先だってないだろう。見失うまいと必死で付いていかない限り、そばにいることはできない――。望月監督は三智子に目を留めた。

「知ってるかい？　黒川は学生時代、自主制作映画の女王だったよ。『野良猫《のらねこ》ロック』の梶芽衣子《かじめいこ》ばりのアクションを華麗に決めてたんだ。俺にとってのミューズだったんだから」

「やめてよー、モッチー。もう昔の話じゃない」

真っ赤になって望月監督にパンチをくらわせようとするアッコさん。新たな一面が垣間見《かいまみ》られたのに、なんだか三智子は切なかった。彼女のことを本当に何も知らない。どこに住んでいるかも。今、恋人がいるのかどうかも。どんな人生を送ってきたのかも――。

「黒川、丁度いいところに来てくれたよ。ちょっと困っててさ。あの子、見てよ」

望月監督は、アッコさんと三智子を促し、廃墟のセット前まで歩いていく。テントの下、マネージャーらしき女性に労《いたわ》られるようにして、足をさすっている少女に、三智子の目は釘付けになる。売れっ子アイドルグループの一番人気、三橋胡桃《みはしくるみ》だ。セーラー服にポニーテールが、いささか作り物めいてみえる美少女ぶりを一層引き立てている。

「これからさ、クライマックスの撮影予定だったんだよ。真夜中、ゾンビの運転する、炎上したトラックにヒロインが追いかけられ、全速力で逃げる。命からがら廃墟に逃げ込み、すぐにトラックが爆発、っていうシーン」

監督が指し示した先には、赤く錆びた塗装を施した、大型トラックがある。

「それがさ、胡桃が張り切り過ぎて、足をひねっちゃったんだよな。困ったよ。夜が明ける前にクランクアップの予定なのに」

「スタントさん、どうしたの？」

「もともとは付けるつもりだったんだけど、胡桃のやつがどうしても自力で演じたいって言い出したんだ。このシーンのためにずっと走りの練習までしていたのになあ。なあ、黒川。お前、久しぶりにスタントやれないかな」

監督の提案に、三智子はぎょっとなった。セーラー服姿で疾走するアッコさんだなんて、想像もつかない。アッコさんは怒ったように監督を突き飛ばす。

「私、身長何センチあると思っているのよ。あの子どう見ても、百五十センチそこそこじゃない」

彼女は言葉を切り、唐突にこちらの腕をつかんだ。よろける三智子を、強い力で監督の前に突き出した。

「この子が走れるわ。ずっとジョギングを続けていて綺麗なフォームだし、背格好も同じくらいよ。二十四歳にしては幼い体つきだから、セーラー服も十分着られるわ」

そんな――。さすがに、非難を込めて彼女を見上げる。こればっかりはNOと言わねば。口を開きかけた瞬間、アッコさんは三智子の背中に大きな手を回した。

「私の名にかけて、推薦するわ。この澤田三智子にできないことなんてないわよ」

咄嗟のことに胸が詰まる。スタッフの間からどよめきが起きた。いつの間にかこちらのやりとりを固唾を呑んで見守っていたらしい。監督がすぐに厳しい顔でうなずいた。

「黒川のお墨付きなら、話が早いぜ。よし、どうなっても俺が責任をとる。澤田さん、カメラテストの前に一度走ってみてもらえないかな?」

心を奮い立たせ、三智子は決意する。寝不足と疲労でふらふらだけど、こうなったら精一杯やるしかない。返事の代わりに思い切りアキレス腱を伸ばし、腕を大きく振ってみせた。

二月十四日　月曜日

三智子は公園のベンチに腰かけ、今年初めてのコンビニ肉まんにかじり付いていた。時間ぴったりに、東京ポトフのワゴンは通りに姿を現し、先週と同じ無茶な運転で公園内へと突き進み、ゴミ箱を引きずり倒して停車した。アッコさんは運転席から顔を出し、白い歯を見せた。

「また一人ランチ？　その分だと営業部女子バトルは解決していないようね」

「ふふふ。アッコさんと会うためにに抜けてきたんですよ。さっき、メールした通りです」


三智子はのんびりと笑って、ふかふかの白い生地に歯を立てる。車を降りたアッコさんは足早にやってきて、すぐにゴミ箱を直すと、隣に腰を下ろした。まだまだ寒いけれど、先週に比べれば幾分風が柔らかくなっている。

「考えたじゃない。営業部全員にホットチョコレートを振る舞うだなんて」

三智子はにっこりした。今朝は誰よりも早く出社し、給湯室でホットチョコレートを作ったのだ。昨日専門店で手に入れたガーナ産高級カカオ一キロを惜し気もなく使った。生クリーム、砂糖、バター、牛乳を鍋に入れて、とろ火にかけ、焦げ付かないよう木べらで丁寧にかき回す。社員食堂で借りてきた保温ポット二つに、完成したホットチョコレートをなみなみと注いだ。


ちょうど営業部全員が集まる週に一度のチャンス、月曜日の朝礼の日だった。部長の話が終わるなり、三智子は手を上げ、高らかに言ったのだ。

「今日はバレンタインです。給湯室に熱々の高級ホットチョコレートをご用意致しました。日頃の感謝を込めて派遣社員全員からのプレゼントです」

派遣社員の間からは、勝利の歓声があがる。男性社員たちは嬉しそうに顔を見合わせ、拍手をした。浮かない顔つきなのは、清水主任とその他の女子正社員だけだ。何人かは、はっきりとこちらを睨み付けてくる。三智子はひるまない。火薬を積んだトラックに追い回された土曜日の夜明けを思えば、もう怖いものなどないに等しい。

「今年は少し趣向を変えて、女子社員の皆様にも召し上がっていただきたいと思い、人数分ご用意させていただきました。同性へチョコレートをプレゼントするのが最近の流行ですから。清水主任はじめ、皆様、いつも至らない我々をサポートしていただき、本当にありがとうございます。せめてもの感謝の気持ちです」

清水主任が驚いたようにこちらを見ている。三智子は姿勢を正した。

「なお、使用したカカオ一キロは築地で働く知人に紹介してもらった、卸売店で購入したものです。その店では売上金を原産国ガーナの教育機関に寄付するそうです。最近ではこういう取り組みが増えています。新聞で目にしたんですが、チャリティーチョコ、略してチャリチョコ、というんですね。僭越ながら、高潮物産でも是非、こうした取り組みが広がればいいな、と思いました」

　松尾部長がほう、と感心したように息を漏らした。

「カカオが余ったので、派遣社員の分もお鍋に作っておきました。皆様、お忙しいと思いますので、お好きな時にセルフサービスでお召し上がりください。おかわりも自由です。午前中の糖分は仕事がはかどるらしいですよ」

　朝礼が終わるなり、皆口々に楽しげに語り合いながら、給湯室へと向かう。清水主任も、三智子の肩を、ぽんとたたいて後に続いていった――。

　ここまで話し終え、三智子は小さな魔法瓶を取り出した。

「これ、アッコさんの分です。味見してみてくださいね」

　アッコさんは興味なさそうな顔をしつつも、受け取ってくれた。

「まあ、丸く納まったのは、まぐれよね」

「はい。ちょっと上手くいきすぎですよね。金曜日にぼーっとしていたせいか、皆やけに私に優しかったっていうのもあります。あの沙織ちゃんまでが、後から『押し付けちゃってごめんね。反省した』って謝りにきたくらいなんで」

「そうよ。あなた、いつもニコニコ優等生過ぎるのよ。だから、なめられるの。たまには不機嫌そうな顔もして、周りにも気を使わせてやったほうがいいのよ」

ふふん、と笑って、アッコさんは早くも魔法瓶の蓋にホットチョコレートを注いでいる。カカオの香ばしさが辺り一面に漂う。三智子は立ち上がって、ぺコリと頭を下げた。

「あんなお願いをしたのに、申し上げにくいんですが、私、今の職場でもうちょっと頑張ってみます。この販売を通して、自分の視野が狭くなっていたことがよくわかりました。だけど……。いつか、もっとスキルを身につけてアッコさんの会社に入りたい。東京ポトフを全国でフランチャイズ展開するために」

「ちょっとはお利口になったじゃない」

顔を上げると、アッコさんは目を細めてホットチョコレートを啜っている。

「まさか、本当に五日間やり通すとはねえ。おまけに見たこと聞いたこと、全部自分の糧にして。そのしぶとさがあればどんなオフィスでも戦っていける。大人しそうな顔してるくせに、あなたって面白い子よね。本当に飽きないわ」

やっぱり、アッコさんは変わらない。なんだか目頭が熱くなってしまう。三智子の視線に気付いたのか、彼女はぶっきらぼうな口調に戻った。

「会社のバレンタインはいいとして、隆一郎君にあげるチョコは忘れてないでしょうね？」

「はい！　ゆうべのうちにトリュフを作っておきました。あの、ええと、実はアッコさんの分も作っちゃいました……。不恰好でお恥ずかしいんですが」

照れくさかったけれど、ダウンのポケットからリボンをかけた小箱を取り出した。

「あらあら、私はもう、あなたの上司でもなんでもないんですけど。こんな点数稼ぎ、何の意味もないわよ」

「その、最近では同性にチョコをあげることも増えていて、その、なんていうか……」

「ふーん。『友チョコ』ってやつか。いいわよ。貰ってあげても。あなたは私の『友』だものね」

一瞬、聞き間違いをしたのかと思った。でも今確かに——。三智子のすがるような視線を突き放して、アッコさんはトリュフと魔法瓶を手に立ち上がり、さっさとワゴンへと乗り込んでいった。ふいに猛烈な不安に襲われて、転がるように後を追う。

「もう、行っちゃうんですか？」

「当たり前でしょ。今日はバレンタインよ。この私に予定がないわけないじゃない」

「あの、あの、次はいつ会えるんですか？」

返事の代わりに、アッコさんはドアを乱暴に閉め、アクセルを踏みしめた。

公園を飛び出し、去っていくワゴンに向かって、夢中で手を振った。振り向くと、吹き付ける北風をものともせず、今日も東京タワーは青空を貫いている。まるでどんな嵐の中でも煌々《こうこう》と輝く灯台みたいに、頼もしい佇まいで三智子を見下ろしていた。きっと、また会える。だって私たちは――。

車道の砂ぼこりが舞い上がり、ワゴンはいつの間にか完全に見えなくなっていた。

# 夜の大捜査先生

　スズキのカルパッチョの表面がどんどん乾いていくせいで、刺身の端っこにぽつんとくっついていたピンクペッパーが一粒ころころと転がり、満島野百合《みつしまのゆり》の珊瑚色のマニキュアを施した爪先にぶつかって床に落ちた。合コンの大皿料理にピンクペッパーと放射線状のソースがかけられている率は異様に高い。このジャンルの食文化だけは、九〇年代からテン年代に至るまで、取り残されたごとくまるで変わらない。

　予約がなかなかとれない神泉《しんせん》駅前の創作料理店の個室、と聞いて期待した自分が甘かったのだ。すっかり慣れっこの失望に、野百合はむしろほっとしている。あきらめの感覚が麻痺し、よくわからないままどこか楽なところに流れていきたいと、最近よく考えているくらいだ。計算したり先を読むことにすっかり疲れ果てていた。

「面白い話してもいい？」

斜め前に座っているテレビ局の男の一人が、得意げに口を開いた。自己紹介の時、確か長澤《ながさわ》と名乗った。髭でワイルド系を気取っているけど、身体つきは大層貧弱である。

「ある男が何者かに刺されたんだ。そして息を引き取る直前、言い残したのが『カムサハムニダ』」

「韓国語の『ありがとう』？」

「確かに男は韓流にハマっていた。でも刺されたのになんでありがとうって、それも韓国語で言うんだろってみんなは首を捻った。さあ、なんででしょう」

長年の経験から、嫌な予感がする。腕もないのに、自分でハードルを上げるもんじゃないぞ、おっさん——。一歳しか違わない長澤に、野百合は肩をすくめたくなる。マスコミ業界というから少しはマシかと思っていたが、お寒い連中が勢揃いしている。しゃべりのプロと日々接するせいか、一緒になって自分の話術の実力を過信する傾向にあるようだ。

もともと、つまらない冗談を聞くのがこの世の何よりも苦痛な性分なのだ。テレビでセンスのない芸人が騒ぎ出すとチャンネルを替え、一緒に暮らす両親や大学生の弟をいつも怒らせている。

——なんだよ。そのしらけた顔。人がせっかく面白いこと言ってるのに。

歴代の恋人たちも、渾身のジョークに無反応の野百合をとがめたものだ。それでも、二十代前半までは皆どこかマゾヒスティックな照れ笑いを浮かべてくれたのに、それ以降は男たちに本気で嫌な顔をされる。笑いに対する反応の悪さと関係があるのかどうかわからないが、今年の春、恋人に唐突に捨てられてからというもの、野百合にはさっぱり男が寄りつかない。契約社員として勤めるカード会社に独身男性は多いのに、食事に誘われることも減った。仕事はそつなくこなすし、会社ではつまらない冗談を言う人もいないし、愛想よく振る舞っているのになにがいけないのかわからない。

三十歳。そろそろ合コンに足を運ぶ年齢でもないのはわかっているが、次こそは、という希望をどうしても捨てられない。あと三年以内にはどうしても結婚したい。出会いのチャンスを無駄にできない自分の余裕のなさが嫌だけれど仕方ない。

「その男は殺される間際、ちゃんと犯人の名を口にしていたんだよ。つまり、彼はこう言ったつもりだったんだ」

長澤は、さあどうだ、というように、野百合の隣に座る美佳《みか》の顔を見据えた。笑顔を絶やさない二十三歳の美佳にはいつだって人気が集中する。ふんわりした雰囲気からは想像もつかないが、ものすごく高い倍率を突破した新卒の正社員である。おそらく契約社員である野百合の倍近い給料をもらっているはずだ。であればそんなに愛想良くする必要などどこにもないだろうに、野百合には不思議で仕方がない。

「カムサハムニダ……カミサハンニダ……カミさん犯人だ！」

どっと笑いが起きる中、野百合だけ完全にタイミングを逃してしまった。男の一人が寄越す視線に気付き、大慌てで口の両端を持ち上げ、目尻に皺を寄せる。気配りや優しさが女性陣に求められていることはよくわかっているが、おかしくもないのに笑うたび、心がすり減っていく気がする。ストレスを感じる時点で、やはり大人になりきれていないのだろうか。

「ねえねえ、満島さんって何年生まれ？」

向かいに座る谷川《たにがわ》という眼鏡が、いきなり覗き込んできた。

「八二年ですよ」

「わっ、俺と同じだ。今年三十歳？　見えないね。若いね」

美佳がすかさずとろけるように微笑み、

「そうですよぉ。野百合さん、若くておしゃれで私たちの憧れなんですから」

と合いの手を入れ、ポイントを稼いでいる。もしかすると、谷川狙いだろうか。いやいや、誰にでも好かれないと満足できないタイプなのだ。

「八二年生まれっていうとさあ、女子高生の頃、めちゃくちゃ注目された世代でしょ？」

女子高生という単語に、野百合の神経はピンと張り詰めた。谷川の顔をまじまじと見つめる。もしかして、この男、過去にどこかで会っている？　だめだ。九〇年代後半に会った人間をいちいち思い出すことはできない。あの頃は毎晩のように新しい誰かに出会っていた。実を言えば、女子高生の生態に関する記事で、マスコミの匿名取材を受けたことも一度や二度ではない。

「渋谷、援助交際、たまごっち、ポケベル、ギャルサー、ガングロ。時代のキーワードが、全部女子高生に結びついた時代じゃん」

「わぁ、私、全然わからなーい」

美佳の無邪気な発言に再び笑いが起きる。谷川が何気なく発した単語は、野百合にいくつかの情景を鮮やかに思い出させた。

日焼けサロンで肌を焼き、臍《へそ》にピアスをあけた高校二年生の夏。ココナツの香りのするキス、毎日のように着替えに使った109《マルキュー》のトイレ、繰り返し聴いていた安室奈美恵《あむろなみえ》、明け方の渋谷にかかる薄桃色の靄《もや》。プリクラ帳がどんどん切り替わった。あの日々は永遠に思えた。世界の中心に居るのは確実に自分に思えた——。

いやいや、ここは戦場。感傷に引っ張られている場合ではない。野百合は、こういう時に備えて用意してある「鉄板ネタ」を舌の上に載せた。

「私はそういう華やかな世界とは無縁でしたよ。地味な女子高生でしたから。明大前《めいだいまえ》にある清盟《せいめい》っていう中高一貫の女子校に通っていたんですけど、男っ気がなく女の子だけの素朴な毎日でしたよお」

清盟という名を出した瞬間、男たちの表情がさっと変わったのがわかった。ほの暗い欲望に白目が濁るこの様子は、あの頃、毎日のように間近で見ていた。彼らの期待を裏切り、男としての自信を粉々に打ち砕くことが、野百合やその仲間にとってぞくぞくするようなレクリエーションだった。しかし、今はできるだけ彼らの希望に寄り添おうとしている。三十歳にして実家を出ていない状況も、キャリア志向ではないことも、出身高校次第ですぐに長所へと早変わりだ。自分が男たちの目にどんな風に映っているか、今一度よく思い返す。淡い色のニットにベージュのプリーツ、黒髪のセミロングに控えめなシルバーアクセサリー。どこをどう見ても、上品で適度に野暮ったく、男の眉をひそめさせる要素は一つもない。少女だった野百合が全身全霊で拒否した何かを、今はむしろ進んで差し出している現状に、鈍感であろうとつとめた。

「へー、清盟なんてお嬢様校じゃない。校則厳しくて有名だもんねえ」

長澤の口元がだらしなく緩んだのを見て、いつものやつがくるぞ、と野百合は身を引き締める。

「セーラー服が可愛くて有名だったもんなー。憧れたよ〜」

他の男がにやにやしながら、〝いつものやつ〟を放った。座の関心が一度に野百合に集まったのを目にして、女たちの間にさざ波のように嫉妬の色合いが広がっていくのを肌で感じる。

「じゃあ、あの頃流行ってたルーズソックスもはかなかったんだ？」

「はかないですよ。うちは校則が厳しくて、白いハイソックスって決められてましたから〜」

校舎が見えなくなるなり、歩道の隅で素早くダサい靴下を脱ぎ捨て、電信柱に手をついてルーズソックスにはき替えたのを昨日のことのように思い出す。ソックタッチの糊をぐるりとふくらはぎに塗りつける時のあの、ひやっと皮膚が濡れる感覚はどこかエロティックだった。

「そこがいいんだよなあ、清盟の。こう、すっぴんに黒髪にセーラー服で、いかにもスレてない処女ですって感じで。あ、失礼〜」

野百合が、やあねえ、というふうに困った微笑みを浮かべてみせると、男の間で満足そうな笑いが起きた。すっぴんでセーラー服？　冗談じゃない。それじゃオヤジの妄想を忠実になぞるだけ。先生に従順で地味な同級生ほど、井の頭線で痴漢の餌食だったことを思い出す。

「ねえねえ、野百合ちゃん、まだ清盟のセーラー服持ってたりするの？」

「やだ、なんに使うつもりなんですかあ〜」

よくこんな恥知らずな質問ができるな、とあきれつつ、きゃっきゃとはしゃいだ笑い声をあげる。セーラー服はあの時代を駆け抜けた勲章としてもちろん大切に保管している。でも、それは彼らの目を細めさせる、あの清楚なデザインではない。

あの頃の野百合と仲間たちは、制服の改造に心血を注いでいた。野暮の極みのようなセーラー服を、挑発的でキュートなミニドレスに作り替えることが何よりの関心事だった。丈を詰め、リボンを飾り、放課後の戦闘服に仕立て上げ、登校用の制服と使い分けた。「イケてる制服アレンジ」として雑誌のスナップに登場し、大目玉を食ったこともある。学内では微妙な髪の色合い、アイラインの数ミリをめぐって日々、教師との攻防を繰り広げていた。ひとたび学校を飛び出し、渋谷に繰り出せば、誰もが振り返った。異性にちやほや可愛がられる快感よりも、圧倒しひざまずかせるそれの方がはるかに上だった。ことさら乱暴な言葉を使い、マナーは徹底的に無視し、傲慢に振る舞った。無敵だった。あの頃の野百合に手に入れられないものはなかったし、どんな大人も野百合を押さえつけることはできなかった。

ただ一人を除いて。

「あ！」

谷川がふいに目を見開き、野百合の後ろを指差した。きょとんとして首を傾げる。

「いや、噂をすれば。たった今、野百合ちゃんの後ろを通ったから。清盟のセーラー服を着た女子高生」

咄嗟に振り返ると、開け放された個室のドアからは、化粧室へと続く狭い通路が見えるのみだ。人の姿はない。

「こんな店に来るかしら。女子高生が？」

手首を返して昔の恋人からのプレゼントであるカルティエの時計を見ると、もう十一時だった。あの頃の野百合にとっては宵の口だから、別に女子高生にとって遅いとは思わないが、大人っぽすぎる店だ。もしかすると、父親か母親と一緒に食事に来ているのかもしれない。

「でも、確かに今そこに居たんだよ。あの有名なセーラー服を見間違うはずないよ。なんだか偶然だなあ」

谷川に向き直ると、彼はもの言いたげに空のグラスをもてあそんでいる。野百合は慌ててデキャンタのワインを注いでやり、そんな自分にたちまち嫌気が差す。ワインは男が注ぐものなのに――。

「ちょっと失礼」

さっと席を立ち、バッグを手に個室を後にする。グロスを塗り直したいし、ついでにその女子高生をこの目で確認したい。野百合たちの部屋の前を通ったということは、おそらく化粧室に向かったはずだ。母校の制服をここ何年か目にしていないことを思い出す。今の娘たちがどんな風にアレンジして着こなしているのかに興味があった。

長澤や美佳たちのにぎやかな笑い声が背中を追いかけてくる。ぼんやりと頭痛がした。このまま、帰ってしまおうか、とふと思った。別に自分が居なくてもなんの問題もないし、必死にしがみつかなければ振り落とされそうな緊張感にほとほと疲れていた。あと何回こんな夜を過ごせば、心の平安を手に入れることができるのだろう。

その時だ。身体がぴんと伸びるような危機感を覚えたのは。

——走れ。野百合、走れ。今すぐ逃げるんだ。

心のどこかでそんな声がする。そう、少女時代、この感覚を覚えると、いつも勝手に身体が動いていた。外へ外へ。手足が前に出て、風を切って走り出していた。

懐かしさと同時に、もしや、と冷や汗をかきながら、振り向いた。

細い通路の突き当たり。レジの前で、男性店員に食ってかかる背広姿の大柄な中年男。彼の姿を認めるなり、野百合の身体の隅々でどくどくと血が脈打ち始める。

「中に入れてください。十秒でいいんです。奥を見るだけです」

男性店員は、ほとほと困り果てた様子で男の相手をしている。

「お客様、当店をご利用でないのに、お通しするわけにはいきません」

「いや、申し訳ない。今、うちの制服を着た生徒がこの中に居るのが外から見えたんです」

太くて低いのによく通る声。普通に話していてもどこか怒ったように聞こえる。十年以上会っていないのに、先生はあの頃と何一つ変わっていなかった。つぶらな瞳にへの字の分厚い唇。野暮ったい髪型やスーツを恥じるでもなく、どこか超然とした佇まい。野百合たちが背伸びして足を踏み入れたバーやクラブにも、こんな調子でずかずか踏み込んできて、たくさんの恥をかかせてくれた。

「ゾノせん……？」

やめておけ、と心のどこかで声がするのに、引き寄せられるのを止められない。気付けば野百合は、卒業以来初めて前園《まえぞの》先生と向き合っていた。

清盟女学園高等部の現国教師、ゾノせんこと前園英作《えいさく》先生は高校二年と三年の間、野百合の担任教師だった。学校で、通学路で、そしてこの渋谷円山町《まるやまちょう》で、彼と数え切れないほどの死闘を繰り広げた記憶が、恐ろしい速さで蘇ってくる。

暗闇のはるか後ろで、待て！　満島、と叫んだあの太い声。手首をつかまれた時のびっくりするような力強さ。大人しい年配の女教師がほとんどの清盟で、男臭い先生は異色だった。「鬼のゾノせん」として誰もが恐れ、誰もが一目置いていた。大人なんて全員ナメてかかっていた野百合も、彼のいささか人間離れした強靭さには畏怖《いふ》を覚えていた。

先生がここにいてもなんの不思議もないのだ。清盟の中でも派手な生徒が、同じ沿線上の神泉界隈で遊ぶのは、毎年のように受け継がれていく伝統だった。

「あ、満島野百合じゃないか。奇遇だな。何年ぶりだ？」

あの頃とは別人のような大人しい化粧とファッションにもかかわらず、先生は十二年前と同じ調子で、四角い顔をこちらに向けた。真っ直ぐな視線はブランクを軽々と飛び越えてくる。なんだか卒業式が昨日のことのように思えてきた。

「こんなところで何やってんですか。ゾノせん……」

やや皺と白髪が目立つようになったものの、顔つきや仕草が驚くほどに若い。確かあの頃、三十代の初めだったから、とうに四十歳を迎えているはずだ。十七歳の頃はオヤジにしか見えなかった先生と、もはや同じ目線に立っていることに野百合は愕然とする。

「お前こそ、こんなところで何やってるんだ」

見栄が邪魔をして合コンとも言えず野百合は薄く笑って、

「同じ会社の後輩たちとのご飯です」

と誤魔化した。男性店員は二人のやりとりを見守るのに飽きたのか、小銭をせっせとケースに詰め込んでいる。

「そうか。しっかりやってるんだな。それがだな、うちの生徒を渋谷で見かけて、追いかけているうち、この店まで来たんだ。その生徒、ここの女子トイレの中に逃げ込んだみたいなんだ。悪いが、ちょっと覗いてみてくれないか？頼む」

面倒なことになった——、と思いつつも断れない。先生を前にすると一瞬で子供に逆戻りだ。野百合はしぶしぶ頷くと、踵を返して通路を引き返す。相変わらずにぎやかな個室の前を通る時、さっきまで居た席をやけに遠く感じた。あんな楽しげな集団に交じっていたなんて、それは本当に自分だったんだろうか。化粧室のドアを開けると、わざとらしいほど爽やかなハーブのかおりがした。白い大理石でできたひんやりとした空間を見渡す。三つある個室のうち、塞がっているのは一つだけだった。ドアをノックし、しばらく待っていたが、出てくる気配がない。野百合は大きく咳払いをすると声を張り上げた。

「あの、私、前園先生に頼まれた者なの。あなたの様子を見てこいって。大丈夫？」

案の定、返事はない。そりゃそうだろう。昔の野百合も、こんな風に見知らぬ大人に話しかけられたら、絶対に返事をしなかった。

「夜遊びくらいで停学にはならないからさー。せいぜい、校長室呼び出しくらい。さくっと謝っといた方がいいよ」

若ぶった口調にたちまち気恥ずかしさを覚える。少女にしてみれば、自分などおばさんもいいところだろう。優しいお姉さんふうに切り替えた。

「実は私、清盟女学園のOGなの。昔はしょっちゅう前園先生にこのあたりでおっかけられていたわ。昔も今も変わらないわねえ。今はどんなところで遊んでいるの？」

何を言っても少女が無反応なことに、野百合はだんだん苛々してきた。なんの義理があって子供の機嫌なんてとらなければならないのだろう。

それにしても、これと似た場面をどこかで見た気がする。なんだっけ——。

野百合は化粧室を見渡した。教師と教え子。レストラン。突然に与えられた課題。非行少女。

そうだ。リュック・ベッソンの『ニキータ』だ。あのシークエンスを思い出した時、ある予感にとらわれた。これ以上、かかわるのは面倒、という気もする。どんなにつまらなくても合コンで愛想を振りまいていた方が、はるかに有意義な木曜日の夜の使い方だ。よそ見をしている暇は今の自分にはない。でも――。野百合は個室の前にかがみ込み、ドアの下を覗き見る。少女の足は見えない。もう、こうなったらやるしかない。隣の個室に入るとヒールを脱ぎ、蓋をした便器の上に乗る。仕切り部分に手をつき、身を乗り出して、中を覗き込んだ。

次の瞬間、バタンとドアが音をたてて開き、個室から何者かが飛び出していった。野百合は慌てて便器から降り、ヒールを履いた。個室を出ると、先ほどまで閉まっていた窓が開け放されていることに気付く。

枯葉のにおいと湿気をふくんだ十月の夜風が頬を撫で、野百合は思わず目をつぶった。

個室に戻ると、清盟女学園学校指定の林檎色のスカーフが落ちているきりだった。懐かしい。同じことを昔、自分もやったのだ。先生に追い詰められ、東急Bunkamuraのトイレに逃げ込み、建物の窓から外に出た。昔も今もコギャルの思いつくことは変わらない。いや、今はもう「コギャル」は死語か。スカーフを拾い上げると、鏡の前で軽く髪を整え、グロスを塗り直す。化粧室を出て、レジ前で待つ先生のもとへと急いだ。

「逃げられた」

「なにっ」

先生はくわっと白目を剝いて、唾を飛ばさんばかりに詰め寄った。そうそう、この距離感。あの頃、野百合たちは「近い」「ウザい」と顔をしかめたものだった。

「なんだかトイレの窓から外に逃げたっぽいよ、ゾノせん」

どうしても、女子高生の頃と同じようなしゃべり方に戻ってしまう。

「そうか、助かった。外に回ろう。礼を言う。それじゃ」

先生はそれだけ言うと大きな背中を向けて入り口に向かって走っていく。先生を背中から見たことがない。あの頃は、いつも自分が背中を向ける側だったのだ。彼はふいに振り向いた。

「職場の皆さんとの大事な会食の最中に、悪かったな」

唐突に照れくさそうな笑顔を投げつけられ、心をつかまれた。あの頃、独身の前園先生をからかってやろうと、挑発的に振る舞ったことも一度や二度ではない。もしかすると、あれは悪戯だけが目的ではなかったのかもしれない。先生に強い感情がよぎるところを見たかった。熊のような身体に大まじめな表情を載せた先生を困惑させてみたかった。でも、一度として先生がこちらのペースにはまったためしはない。執念深くて冗談が通じず常に断定的な口調。それが先生だった。

野百合の中でその時、何かが吹っ切れた。どうせあの場に居ても居なくても同じだろう。意を決すると、小走りに彼を追って店を出る。

「やっぱ、私も行く。まだそんなに遠くには行ってないと思うし。捜すのを手伝ってあげるよ」

小さな前庭の暗闇で、先生のつぶらな瞳が見開かれた。

二人は居酒屋や雑居ビルが立ち並ぶ神泉の通りに出た。改めて見回すと、円山町はえぐれたような不思議な形をしている。ここ井の頭線の神泉駅前はすり鉢状の地形の底に位置しているため、まるで街全体の建物が自分めがけてのしかかってきそうだ。あの頃、この辺りに立つたびに、ほんの少しだけ怖くなった。自分がたった一人でこの世界を相手にしている現実が突きつけられる気がした。

「正直言うと、助かる。お前、ここらへんのことなら誰よりも詳しいだろう。ちょっと問題のある生徒なんだ。一人にすると、何をするかわからない。ハマザキっていうんだ」

「ハマザキ……」

野百合は忙《せわ》しく辺りを見渡す。視力には自信がある。さっそく、円山町のネオンへと続く細い坂道に、ミニ丈のセーラー服を発見する。あ、あそこ、と野百合が指差すなり、先生が弾丸のような勢いで走り出した。フォームが大層決まっていて、現国の教員には到底思えない。慌てて後を追う。さすがにヒールでは走りにくい。あの頃はどうしてあんなに走れたのかといえば、若さのせいだけではなく、ぺたんこのハルタのローファーのおかげだったかもしれない。

道の真ん中に突っ立っているセーラー服の肩をつかむと、先生は乱暴に振り向かせる。

「なんだよ。ジジイ」

厚化粧の不機嫌そうな女がこちらを睨み付けている。どう見ても、十代には見えず、手にはチラシを持っていた。見れば、背後には風俗店のネオンが輝いていた。コスチューム姿の呼び込みだ。先生が素早く手を引っ込めた。

「すみません。人違いです」

なおも不審そうな女に向かって、野百合はオフィス用の作り笑顔を向けた。

「えーと、この辺で女子高生を見ませんでしたか？　本物の制服着た女子高生」

「はあ？　女子高生？　なんだ、このババア」

ババア、という言葉がぐさりと胸に刺さった。夜遊びやクラブ通いをやめたのも、若い女に物わかり良く振る舞うようになったのも、流行を取り入れたシンプルな服装を心がけ悪目立ちするのを避けているのも、ひとえにこの言葉が怖かったからだ。

「背はあんまり高くなくて、色白で、こう髪は肩までくらいで……」

ショックでぼんやりしている野百合を押しのけて、先生が熱心に説明している。店の入り口に寄りかかっていた婦警の扮装の女が、つまらなそうに口を挟んだ。

「それ、今、そこを走ってった子に似てない？　ほら、さっきあんたにぶつかった子供」

「でも、制服は着てなかったよね。ショーパンとTシャツだったじゃん」

二人のやりとりを聞くうち、野百合は唐突に閃いた。

「あ、そっか、わかった！　先生！　ハマザキはさっきのトイレで着替えたんだ！」

そう考えると、スカーフが落ちていたことも納得がいく。自分もそうだったではないか。渋谷で遊ぶ時は、先生とすれ違う万が一の時に備えて、着替えは常に鞄に忍ばせていた。大人っぽいミニのワンピースにでも着替えれば、至近距離でもすぐに生徒とはわからない。先生がきょろきょろと辺りを見回しているのを横目に、とびきりのお洒落で通り過ぎる快感といったらなかった。

女たちにお礼を言い、先生と一緒に少女が消えたという方向に向かって走り出す。ラブホテルがひしめく、青や赤のけばけばしいネオンの一角に二人は足を踏み入れていた。円山町は角を曲がる度に景色ががらりと色合いを変えるところだ。つい先ほどまで居た合コン会場はもはや別世界のようだった。

木曜日の夜なのに、界隈はカップルで賑わっていた。狭い路地ゆえ、すれ違う男女らとたびたび視線が合う。先生と自分がどういうふうに見えるかを想像したら、たちまち居心地が悪くなってきて、わざとはすっぱな声を上げた。

「ゾノせん、円山町、苦手だったもんねー。ここに入っちゃえば、撒くのも楽勝だったもんな。迷路みたいなところだもんね」

この街で数え切れないほどのおいかけっこを繰り返したことを、野百合は思い返していた。坂や抜け道の多い、複雑な地形の円山町に飛び込めば、大抵逃げ延びることができた。今、隣の先生はこの淫靡な空気にまるでひるむことなく、相変わらず鋭い視線をあちこちに投げかけ、のしのし突き進んでいる。

「まったくあきれたやつだな」

ラブホテルの密集する地域を抜けると、ふいに瀟洒《しょうしゃ》な住宅地に切り替わるのが面白いところだ。そうかと思うと、かつては花街だっただけあり、古い料亭ふうの日本家屋が突然現れたりする。油断すると方向感覚を失う。どちらが西でどちらが東なのかわからなくなった時は、空を見上げることにしていた。明るい方が渋谷駅側、と判断すればまず間違いなかった。

「でも、今はそんなことを話していても仕方ない。高校生が寄りつきそうな場所はどこか、教えてくれるか」

「時代も変わっちゃったしな……。一概には言えないけど、やっぱり渋谷といえば……」

あの頃通い詰めたいくつかのクラブを思い浮かべると、自然と笑みがこぼれた。

女子高生でも入りやすい大箱の店がいくらでもあった。飛び込めば何かしらの出会いがあった。好きな音楽について熱っぽく語る人種が何人もいた。トランスにハウス。様々な音楽を教わった。その中でも一番の人気店を思い出す。身分証明書がなくても、ルックス次第で入店を許可された。フロアを照らし出す青白いライト、耳をつんざくようなユーロビート、日焼けした美男美女。常連のモデルらと親しく口をきくのが得意でならなかった。彼らと一緒にステージでパラパラを踊ったのは、一生大切にしたい思い出だ。

「そうそう、あの店。確か、ＶＩＰルームはヤリ部屋って呼ばれてて、変な薬が回ってきたこともあるんだよね。私も仲間としか行かなかったな。ハマザキが一人で行くのは危ないよ」

先生の顔が見る見るうちに固まった。

「お前、そんな店にまで出入りしてたのか？」

質問を無視して、野百合はバッグの中を探る。携帯電話で店の名を検索してみよう。おそらく合コンメンバーからの大量の着信があり、メールも来ているはずなので、履歴は見ないようにした。数秒後、野百合は激しく落胆する。

「げっ、もう今はないんだ。そうだよな、レコード屋もどんどんつぶれてるんだもん。クラブ人種も減るはずだよね。でも、そうじゃないとすればあそこかな……」

先生を促し、記憶を頼りに心当たりのある店を目指す。松濤《しょうとう》にほど近いやや落ち着いたエリアにある地下の店で、少女の背伸びにはぴったりな小ぢんまりした店だった。未成年と知っていても、お酒を出してくれる物わかりのいいバーテンがいたっけ。フローズンのダイキリを初めて飲んだ夜のことを思い出す。

二人で雑居ビルの隙間を縫う。歩くうちに、どんどん土地勘が蘇りつつあった。アダルトショップと酒屋に挟まれて、その店はまだ存在していた。喜んだのもつかの間、野百合は店先の立て看板に書かれた文句に愕然とする。

『月に一度のスペシャル！　40歳以上限定イベント。ディスコでフィーバーバブルナイト☆』

「なにこれ、ジジイとババアしか入れないじゃん！」

そう叫んだ後で、野百合はついさっき自分もババアと呼ばれたことを思い出し、口をつぐんだ。あの頃は、若く選ばれた人種だけに開かれた特別な店だったのに。階段の下から聞こえてくる音楽に耳を澄ましているうちに、泣きたくなってきた。

「なにこれ、アース……？　超やだ。ダサすぎるう……」

野百合は具合が悪くなってきて、へたりこむようにしてガードレールに腰を下ろす。同時に自分だけが年をとった訳ではないことに、ほっとしてもいた。見上げれば建物に取り囲まれた小さな夜空にぽつりと星が浮かんでいる。あの頃の円山町は爆発するような熱気に満ちていたのに。かつてあった「陽」の雰囲気が確かに消えている。至るところに深い闇が潜み、しんとした静けさが点在している。気を抜くと、引きずり込まれてしまいそうだ。

その時だった。

「あっ、ハマザキ！」

先生の叫び声に顔を上げると、歩道の反対側を少女が走っていくのが見えた。長い黒髪をなびかせ、ショートパンツから伸びる真っ直ぐな白い足で、アスファルトを蹴り、闇へ闇へと分け入っていく。ガードレールから弾かれたように飛び出す先生に続き、野百合も走り出す。

「待て、ハマザキ！」

彼女の背中を追って、狭い路地を進む。何度も人とぶつかりながら、野百合と先生は坂を上がったり下ったりした。ハマザキは相当すばしっこいらしい。さらに、息が切れる、ということをまるで知らないようだ。ふいに、ハマザキがかつての自分であるような気がしてきた。肩をつかんで振り向かせたら、白いシャドウで囲んだ瞳でにらみ返してくるのではないだろうか。その時そこに浮かぶのは失望だろうか。それとも、軽蔑だろうか。喉の奥がひりついた。このところ、ろくに身体を動かしていないせいもあり、呼吸が上手く繋げない。ヒールのせいで、何度も転びそうになる。誰かとぶつかるたびに、きつい言葉を浴びせられるので、心は折れる寸前だ。長い石段を駆け上がる最中、とうとう胸を押さえて立ち止まる。

「ダメだ。ごめん、ちょっとタイム、ちょっと、休む。無理。ごめん」

野百合はそうあえいで、石段の中ほどに腰を下ろした。ややあって、先生も二段ほど下にどかりと座った。見上げれば、階段を軽やかに駆け上《のぼ》っていくハマザキの姿がぼやけていく。ゆるい吐き気を感じた。

「あー……。こんな起伏が激しい場所、よく走れたなあ。あの頃の私」

「俺の苦労がちょっとはわかったか」

息が荒いものの、先生はうっすら笑みを浮かべている。野百合よりはるかに余裕を持っているように見えた。自分が高校を卒業してからもずっと、先生はここで生徒を追いかけ続けているのだと思うと、急に申し訳ない気持ちになった。

先生はおもむろに立ち上がると、階段を下りて青白く光る自販機の前まで行った。エビアンを買うと、戻ってきてこちらに差し出した。お礼を言う余裕もなく、野百合はひったくってキャップを開け、ごくごくと喉を鳴らして飲んだ。身体をすべりおちてくる冷たい水が心地好い。ようやく一息つくと、少しだけ低い場所にある先生の背中に向かって問いかけてみる。

「いくつだっけ。私が十七歳の時のゾノせんって」

「三十二歳か。今のお前とそう変わらないぞ」

「ハマザキって十五？　十六歳？　下手すりゃ、私の娘でもいいくらいだよなあ。年とるわけだわ」

「おいおい、やめてくれよ。三十歳のお前に十六歳の子がいたら、十四歳の時の子になるだろ」

「なくはないんじゃない？　十四歳のお母さん。現に私それくらいの時、子供ができてもおかしくないこと、バンバンやって……」

振り向いた先生の目が険しく光ったので、野百合は慌てて口をつぐむ。

「今の生徒ってあんまり夜遊びしないから、ハマザキみたいなやつは珍しいんだよ」

「そうなの？」

「ああ、お前たちの頃とちょっと事情が違うんだ。今、教室で一目置かれていたり、目立つやつは、勉強もちゃんとしてて、親や教師ともうまくやれて、みんなと分け隔てなく接する器用なやつが多いな」

「ふうん……」

九〇年代と価値観がまるで違う。あの頃、クラスの中心にいたのは、華やかで傲慢で、学校の外にたくさんの世界を持っている大人びた女の子たちだった。十代までが保守的になっている。会社や合コンが、いやいや日本全体がつまらなくなるのも当然なのかもしれない。知人の中でいちばん女子高生の年代に近い、美佳の態度を思い出していた。彼女にもそんなところがある。仕事も人間関係もそつなく、誰とでも上手くやろうとする姿勢が見て取れた。若さへの嫉妬を抜きにしても、なんだか息苦しく思える時がある。

「ハマザキはいわゆる変わり者かもしれないな。両親とも折り合いが悪いし、特に仲が良い友達もいないらしい。いつも一人で、ふてくされている。成績もすこぶる悪い」

そんな子が、出会いやつながりを求めて、あてもなくこの街を彷徨っているんだとしたら、なんだか切ない。ただでさえこの街は自分を見失いやすい。あの頃、野百合が夜遊びする時は、必ず仲間が傍にいた。どこに行くにも目的があった。ハマザキがどんな思いでうろついているのかとしばらくの間、想いを巡らせていたら、自分まで心許ない気持ちになってくる。目の前にある、先生の背中にふと頬をつけたくなった。

本当は捕まえて欲しかったのかもしれない――。

捕まえて欲しくて、あんなにも夢中で逃げていたのかもしれない。確かに楽しい時代だった。でも、あの頃の仲間の連絡先を、野百合は今一つも知らない。そうなることをどこかで予測していた。いつか自分がひとりぼっちの大人になることを、少女のうちから知っていた。夜通し遊んだ帰り道、そんな未来を感じて、たまらなく怖くなったこともあった。

にいい――。か細い鳴き声に気付くと、足下に猫がじゃれついていた。円山町は野良猫が多い。動物嫌いの母親のせいで、野百合はどんなにねだってもペットを買ってもらえなかったから、あの頃も猫を見付けると嬉しくなった。よく太ったブチ猫だ。撫でてもまるで嫌がらないので、抱き上げて両腕に抱え込む。顔をうずめれば、柔らかい毛から梅の花に似た香りが立ち上る。

「だけど、ハマザキとお前は似てるかもしれないぞ。ほら、夏の読書感想文の課題、柳田國男《やなぎたくにお》の『遠野物語《とおのものがたり》』覚えてるか？　お前とほぼ同じ感想を書いたんだ」

もう十年以上昔の課題を先生がよく覚えているので、野百合は驚く。

「柳田國男って、あの、民俗学やってた人だっけ？」

ろくに勉強をしてこなかったはずなのに、何故か柳田作品の解釈に手こずったことだけははっきり思い出すことができた。柳田國男の文章は何度読んでも頭にさっぱり入ってこなかったのだ。これと言って難解な言葉遣いというわけではないのに。目が滑る、という表現がぴったりだった。先生はおもむろに鞄からクリアファイルに入った紙の束を取り出すと、ぱらぱらとめくり、その一枚を取り出した。名前の欄には「浜崎有希子《ゆきこ》」とあった。

「ハマザキの感想文だ。ここ、読んでみろ。ほとんど、同じじゃないか？」

携帯電話の灯りを頼りに、先生が指し示した箇所を目で追う。

『一人で町を歩いていると、私は他の女の子をいつも心に思い浮かべます。その子は私と同じようなことを考えながら、この道を歩いたに違いありません。未来も過去も、何人もの私が同じ道を歩いていて、交わることは決してありません。だから、私は一人ではないのです。『遠野物語』を読みながら、坂道を歩きながら、そんなことを考えました』

「私、こんなこと書いたっけ？」

作文を先生に返しながら、野百合はおぼろげに思い出していた。読書感想文をなかなか提出しない野百合にしびれを切らし、書けるまでここを動くな、と図書室に引っ張ってこられたあの放課後。まるで刑務所の看守のごとく、離れたテーブルに恐ろしい顔をした先生がいるので、どうしても逃げられなかった。

「うん、お前がこういうこと書くのが意外だったから、記憶に残ってたんだよ」

自分のような不真面目な生徒さえ気に留めているなんて。先生の授業を野百合はまったく覚えていない。サボるか居眠りするか、腕のむだ毛を抜くかでノートをとることさえなかった。もし、もう少しきちんと勉強していたら、清盟学園の女子大ではなく、外の共学を受験することができただろうか。希望通りの就職が出来ただろうか。正社員になれただろうか。

「私、感想文ってなんか怖かったな。面白いことなんも書けなくて。書けない自分が嫌だったんだ」

ある光景が蘇る。言おうか言うまいか迷ったが、野百合は先生に向かって、ぺこりと頭を下げた。

「ごめん、その読書感想文、たぶん私が書いたんじゃない……」

意外にも先生はあっさりとうなずいた。

「やっぱりそうか」

「怒らないの……？」

先生は大きな肩をすくめた。

「実はあの時もなんとなくそんな気がしてたんだが、お前に感想文をせっつくのがもう面倒だったんだよ。早く点をつけて、俺も解放されたかった、お互い褒められたことではないが、もう時効だろう。そんなことより、お前、どうして同窓会来ないんだよ。みんな寂しがってるぞ」

ずっとこの質問をされるのが怖かった。野百合は真っ直ぐな視線から逃れようと身体をよじる。猫が苦しげにうめき、腕の中から飛び出ていった。階段を下っていく猫の後ろ姿とゆらゆらするしっぽを、野百合はぼんやり目で追いかける。声が震えないようにするのがやっとだった。

「ゾノせんも、みんなも、私が一番イケてた……、輝いていた時のこと、知ってるからさ……。その、なんて言うか、今の私は……」

先生は腑に落ちない顔をしている。

「輝いていた？　お前が？　あの怠け者でうるさくて、大人に手を焼かせていたお前がか？　何言ってるんだ。今の方がよほどいいよ」

「え？　マジで？」

野百合は先生の四角い顔をまじまじと見つめる。

「きちんとした格好で、会社に勤めてて、後輩だっているんだろ？　こうやって夜遅くまで外にいても、ちゃんと家に帰って朝には遅刻しないで会社に行くんだろ。たいしたもんだよ。お前のようなちゃらんぽらんがこんなにきちんとした大人になるなんて。心配だったんだよ、あの頃。このままいい加減に流されて、いい加減な人生を送るんじゃないのかって」

彼らしい決めつけ口調にかすかに苛立つ。先生のこういうところが、あの頃、たまらなく鬱陶しかったのだ。堅苦しく風通しの悪い大人そのもの。鼻で笑って受け流すつもりが、何故か目頭が熱くなった。認めたくないけれど、こんなふうに力強く肯定されることにずっと飢えていたのかもしれない。

「努力なんてしてないよ……。出来なかったって感じ」

結局、何者にもなれなかった。恋人も仕事も、確かなものは何一つつかめなかった。あれほど反抗していた両親のもとを離れることも出来なかった。見下していた同級生たちに今の自分を見せたくなくて、同窓会にさえ出席できない。当時の遊び仲間の中にはギャルファッションのまま大人になった女が何人もいる。あの頃の価値観のまま、アパレルや自営業で活躍している人間を何人も知っている。

「そんなふうに卑下するな。お前には手を焼かされたけど、ちょっとうらやましくもあったんだ。子供の分際で、たった一人でどんどん外の世界を広げていく。大人にも生意気な口をきいて、東京が少しも怖くないように見えた。先生は、さっぱりこの街がわからない。未だに慣れない。だから、柳田國男作品が好きなんだ。彼の故郷に対するとらえ方が好きだ。故郷が恋しくなるとよく読

「前園先生、出身どこ？」

「新潟。親も教師をしてる。忙しくて、最近はあまり帰っていない」

故郷のある先生が、野百合にはうらやましい。育った町を後ろに残して、大人になった彼が、ひどく身軽に思える。自分はこの渋谷から離れたいのだろうか。

「私に故郷なんてないもん。この街で青春を送って、この街で合コンしてる。逃げ場なんてないよ。こうも毎週合コンしてるとさ、むなしいよ。莫迦《ばか》みたいだよね。全然楽しくもないのに」

先生に愚痴ったところでなんになるのだろう。野百合は自分にうんざりしてくる。

「出会いがお前の人生に必要と感じるなら、毎週合コンしたって俺は莫迦にしない。全力で頑張れ。結果はちゃんと付いてくるはずだ」

そんな軽薄な集まり、意味がない、と喝破されるとばかり思っていたので、野百合は心の底から驚いた。

「俺はどうしても結婚したくて、すごく頑張ったぞ。学園長にも見合いを頼んで、今の奥さんに出会ったんだ。一目惚れだ。頑張ったかいがあった」

「えっ、ゾノせん、結婚したんだ!」

先生の左手に目をやると、薬指に輝くものがあった。

なんだ——。自分がひどく失望していることに気付く。もしかして、ゾノせんが好きだったのだろうか、と一瞬疑ってしまう。そんなわけはない。ただあの頃は人格などないに等しかった権力の象徴にも、ちゃんと豊かな人生が存在していることに、動揺しているだけかもしれない。

「私たちのこと追いかけながら、婚活してたなんてすごいな。先生、なにげにリア充……」

先生がこちらの言葉を遮って、すっくと立ち上がった。

「あっ、ハマザキ!」

先生が勢いをつけて階段を駆け下りていく。野百合は慌てて立ち上がるが、ハマザキの姿などどこにも見当たらない。車道に飛び出していった先生の身体が、突然消えた。車体に「東京ポトフ」と書かれたワゴン車が、先生が居た辺りに音を立てて急停車する。野百合は慌てて階段を駆け下り、ワゴン車の後ろに回り込む。

「先生! 大丈夫ですか」

運転席から背の高い中年のおかっぱの女と若い女が、血相を変えて飛び出してきた。

「ごめんなさい！　ああ、どうしよう、突然、飛び出してくるもんだから……」

若い女の狼狽をよそに、野百合は泣きそうになりながら、先生を捜す。道の隅にうずくまっている先生を見付け、駆け寄った。先生は足をさすりながら、決まり悪そうにこちらを見上げた。

「大丈夫だ。すぐ飛び退《の》いたから接触していない。ガードレールに足をぶつけただけだ」

駆け寄ってきた女たちは不安そうだ。おかっぱの女が言う。

「病院に行きましょう。精密検査を受けた方が……」

「いえ、ご心配には及びません」

そう、先生は不死身だ。ターミネーターとかサイボーグとかそんな陰口が囁かれていたのを思い出す。野百合がふと顔を上げると、数メートル離れた場所に、少女が震えて立ちすくんでいた。この子がハマザキ——。野百合は立ち上がると彼女のもとに走って飛びかかり、羽交い締めにした。

「つかまえた！　先生！　ハマザキ捕獲！」

きゃあっと少女は叫び、腕の中で激しく暴れる。

「ごめんなさい。ごめんなさい、私のせいで先生が死んじゃったかと思ってそれで……」

腕の中でハマザキは泣きじゃくっている。なんだ。野百合はその顔を覗き込んで、拍子抜けする。まだほんの子供ではないか。化粧っ気のない小さな顔にちんまりした目鼻立ち。あの頃の自分とは似ても似つかない。でも、自分のように群れたり着飾ったりすることもなく、一人ぼっちで肩を震わせているハマザキの方が、はるかに勇敢な気がした。

「あの、申し訳ありません。ご迷惑おかけしたお詫びにスープはいかがですか？」

若い女が湯気の立つ容器を手に、恐る恐るこちらを覗き込んでいる。

「私たち、移動販売でポトフを売ってるんです」

「私、お腹空いた……」

ハマザキが鼻をぐすぐすさせながらつぶやいた。こういうところがなんとも幼い。

「じゃあ、せっかくだ。いただこう」

先生の言葉で、野百合とハマザキは女たちからカップを受け取った。ワゴンを見送ると、三人で石段に並んで腰掛け、無言でポトフを食べた。

熱いスープが身体中に染み渡るようだった。そういえば、先ほどの合コンではほとんど何も口にしていないことを思い出した。男に料理を取り分けることに夢中で味わうことを忘れていた。

ハマザキも野百合と同じで猫舌なのか、食べるのに時間がかかった。

東の空がだんだん明るくなっていく。野百合はハマザキに耳打ちした。

「あなた、『遠野物語』の感想文、図書館にあった、毎年発行している学年文集に載ってるやつを適当に写したんでしょう」

ぎくりとしたように、少女は身体をこわばらせた。

「私がまる写ししたのは、二〇〇一年卒業の満島野百合さんって人の読書感想文です」

「それ、私よ……」

ハマザキは目をぱちくりさせた。前園先生に聞こえないように、野百合はさらに声をひそめる。

「で、実は私も過去の文集に載ってた誰かの感想文を写したの。それを、あなたが写したのね。受け継がれていくものだねえ……。下の世代に……。あれもこれも、なにもかも」

「おい、何話してるんだ」

先生が怪訝そうに割り込んでくる。ハマザキと野百合は顔を見合わせ、ぴたりと口を閉ざした。藍色だった空気が段々薄くなり、水色のけむりになって目の前をたなびいていく。ポトフを平らげると三人は階段を上《のぼ》った。ラブホテル街を抜けて坂を下《くだ》り「百軒店商店街《ひやつけんだなしようてんがい》」の門を潜った。

道玄坂《どうげんざか》を上《のぼ》り下《お》りする車や、道の端に置かれたゴミ袋をついばむカラス、ファストフードの看板を目にすれば、一気に現実に戻ってきた気分だった。

「この時間はまだ電車が走ってないな。タクシーを捕まえよう。ハマザキを家まで送り届けないとな。満島、お前も乗るか？」

「いいです。ちょっと時間潰してから、始発に乗ります。会社、千駄ヶ谷《せんだがや》なんです。上野毛《かみのげ》の家に帰るより、会社に行って、仮眠室に入った方がいいもんで」

「ちゃんと出社するのか、偉いぞ！」

先生は満足そうに言うと片手を上げ、道玄坂を下っていく一台のタクシーを呼び止めた。野百合は忘れないうちに、と早口になった。

「先生、あの、私、ちゃんと『遠野物語』の読書感想文、自分で書く。だから、いつか受け取ってくれるかな」

「おう、そうか。期待してるぞ。満島。上手く書こうとしなくていい。自分の言葉で書くんだ」

先生は片手を上げると、ハマザキを引っ張り込むようにして後部座席に姿を消した。二人が乗ったタクシーが道玄坂のはるか先に見えなくなるまで、野百合はしばらく突っ立っていた。

なんにせよ、気持ちが変わらないうちに柳田國男の本を手に入れようと思った。野百合はゆっくりと坂を下《くだ》り始める。

もしかして、さっきまでのことは全部夢だったのではないか、と急に思い至る。ゾノせんもハマザキも幽霊だったのではないだろうか。バッグの中を覗くと、携帯電話が目に入った。着信履歴もメールも今は見ないことにする。バッグの底には、ハマザキに返しそびれた制服のスカーフが丸められていて、ああ、やっぱり現実のことだったんだと安心する。スカーフを返すのを口実に、清盟女学園を訪れることは可能だろうか。そういえば、来月十一月には文化祭がある。その時行ってみるのもいいかもしれない。

真っ先に胸に蘇るのは、PTA役員の作るおしるこや焼きそばの香り。ダンス部やチアリーディング部の発表に各クラスの出し物に展示会。あの頃は行事に夢中になる同級生らと距離を置き、大人ぶって冷めた目で通り過ぎることが多かったけれど、今なら素直に楽しめる気がする。

ひとまず、始発まで線路沿いのマクドナルドで本を片手に時間を潰そう。朝マックなんて何年ぶりだろうか。あの頃は朝からナゲットとチーズバーガーとコーラをぺろりと平らげていた。今はどうだろう。ちゃんと胃は動くだろうか。

この時間でも開いている本屋といえば、渋谷駅前の「山下書店《やましたしょてん》」しかない。この街のことなら、野百合はなにからなにまで知りつくしている。野百合が今までの人生で身につけたことで確かなものがあるとすれば、この街への誰にも負けない愛と知識だった。今手にしている世界が狭いのなら、この渋谷から少しずつ領域を広げていけばいいだけの話だ。

道玄坂を足早に下っていくと、懐かしい早朝の風景が広がっていた。

ひとすじの朝日がスクランブル交差点の中心に差し込み、町の歯車がゆっくりと回転し始めている。

# ゆとりのビアガーデン

## 1

間違いなく、佐々木玲実《ささきれみ》は総合ネット商社「センターヴィレッジ」始まって以来の「使えない」社員だった。

といっても、センターヴィレッジは誕生してたった五年、大手総合商社「中《なか》村山商事《むらやま》」から派生した従業員十七名の社内ベンチャーなのだが。あんな社員には二度とお目にかかれないだろう。社長である豊田雅之《とよだまさゆき》がそう確信するほど、彼女の失敗の数々には、後から何度でも思い出せるようなインパクトがあった。

彼女が入社たった三ヶ月で退職し、そろそろ一年が経つだろうか。

玲実の居た日々を振り返っては、雅之は苦笑いを噛みしめている。二流女子大卒ではあったものの、面接の時の印象は決して悪くなかったのに。美人ではないが、笑うと八重歯が覗き、浅黒い肌にえくぼができて、なんともいえない愛嬌があった。くるくる変わる表情と気さくなところが営業向きだった。語尾を伸ばすしゃべり方や仕草に幼さが残るところがやや気に障ったが、経験を積むうちに改善されるだろう、と読んでいた。なにより、中・高・大と陸上で鍛えたという、その体力と根性に期待していた。スーツから伸びる脚は細くはないが、ぴかぴかと小麦色に光り、頑丈そのものだった。

なにしろ、最近の若手は入社して一年や二年ですぐ辞めてしまう。特殊な企業だということは社長の自分が一番よくわかっている。明け方にまでおよぶ残業やノルマ、叱責に耐えきれず、心や体を患い、退職する者がここ数年で七人もいた。いずれもやや頭でっかちな部分はあるものの、一流大卒の真面目で優秀な若者ばかりだった。その反省から、多少足りない部分があってもガッツで補える者を、との思いが高まり、玲実を選んだのだ。

ところが――。

入社初日にして、玲実はコーヒーメーカーとシュレッダーを同時に壊した。人の話をどうしても一度で覚えられない。一応熱心にメモをとるのだが、そのメモをなくす。敬語がおぼつかない。業務と関係のないことをうだうだとしゃべり過ぎる。雅之のことを「社長」と呼ぼうとして「先生」「お父さん」と呼ぶこともざらだった。遅刻だけはしなかったが、集中するということがなく常にきょろきょろと周囲を見回し、子供のように注意力散漫だった。仕事中、電池が切れたようにぼんやり宙を眺めていることがよくあった。ネットで検索し始めると、そのままのめり込んで何時間でもパソコンに張り付いている。もちろんすぐに業務と関係ないホームページになっていた。商談の席にうっかり呼んだら、彼女が服を裏返しに着ていて、大恥をかいたこともある。ある時は、先輩社員に頼まれて備品を買いに走り、いつまで経っても帰ってこなかった。何かと思えば、ビルの守衛の老人と外階段で話し込んでいた。会社の歯車として機能するために、自分を律しようという姿勢がどこにもない。

結局のところ「ゆとり世代」のマイペースなお子様だった。平成生まれなんて所詮使いものにならない。

彼女のデスクには常にチョコレートや飴や煎餅がたっぷり入ったガラス瓶が置いてあったものだ。ご丁寧に「ご自由にどうぞ　れみ」とメモまで貼ってある。あの菓子瓶のせいで、ワンフロアのオフィスの緊張感が著しくそがれたように思う。普段は彼女に眉をひそめる社員らもいそいそと菓子に手を伸ばしているのが、なんとも癪に障った。もちろん、雅之はろくに見ることもしなかった。

それでも、彼女にやる気があったことだけは認めざるを得ない。数打ちゃ当たると言わんばかりに、誰よりも多くの企画書を提出していた。しかし、いずれも荒唐無稽なアイデアばかりだった。予算も実現の道筋もまったく度外視した、子供のいたずら書きだった。どんなにキツく突っぱねられようと、すぐにまた莫迦らしい案を出してくる図太さは、あっぱれとも言えた。が、それだけのことだ。

少数精鋭の「センターヴィレッジ」に、使えない新人を気長に育てるだけの時間や余裕はない。戦力にならなければ切り捨てるのみだ。雅之は彼女を無視し、部下もそれにならうようになった。日に日に冷淡になる先輩社員らの態度にも玲実はまったくめげなかった。相変わらず、誰よりも早く出社し、たびたびあった二時、三時まで続く残業にも、時々うたた寝しながらではあるが付いてきていた。彼女の心が折れたのはいつだろう。

雅之の片腕として本社から出向しているベテラン社員、楠《くすのき》亜希子《あきこ》がささいなミスをした玲実を厳しく叱責したのが、きっかけかもしれない。そう、彼女がプリンターのトナーの発注数を間違え、オフィス中が段ボールだらけになったあの時だ。

——あなたなんて、居るだけ邪魔よっ。少しは会社の役に立つってこと考えて。それが出来ないのなら、とっとと消えてよ！

数日後、玲実はあっさりと退職届を出し、一ヶ月後にはさっさとやめてしまった。

送別会はもちろんしてやらなかった。せいせいした反面、ちょっと可哀想なことをしたかな、と胸のどこかで思ってもいた。

雅之が新入社員だったのは、もう二十年以上昔のことだ。当時、国内最大手と言われた中村山商事には、豊富な人材とたっぷりとした余裕があった。接待費は余っていたから、毎晩のように上司と飲みに出かけていたし、ボーナスの他に報奨金が出た。雅之も仕事に慣れるまでは、玲実を笑えないようなドジや間違いをしでかしたが、先輩社員らは気長に見守ってくれたものだ。確かに、ビジネスの場で戦力となる人材を育てるカリキュラムは日本の大学にはない。二十三歳になったばかりの、まだ何も知らない娘に、自分は酷なことをしたのだろうか。

しかし、こうして一年ぶりにけろっとした顔を見たら、改めて苛立ちがこみ上げてくる。

「社長、お久しぶりで〜す。ごぶさたしてま〜す」

玲実はへらへらした笑みを浮かべて、外階段から雅之を見下ろしている。手に大きな段ボールを抱えている彼女は、社を去ったあの日から何一つ変わらない、のんびりした雰囲気を醸し出している。Tシャツにミニスカートという出で立ちはまるで女子高生の部屋着のようである。

「お前、こんなところで一体何をやっているんだ?」

七月に入ってすぐ、月曜日の昼下がりのことだ。

彼女の背後には気持ち良く晴れた夏空と紀尾井町《きおいちょう》のオフィス街が広がっている。

ここ菅沼《すがぬま》ビルは六十坪ほどの敷地に、会計事務所や歯科医院、チェーンのコーヒー店、マッサージ店などのテナントが一階から八階まで窮屈にひしめく、いわゆる「ペンシルビル」だ。センターヴィレッジはその四階にある。親会社の中村山商事が大手町《おおてまち》に二十階建てのガラス張りビルを悠々と構えているのとは大違いだ。

菅沼ビルの小さなエレベーターは常にフル稼働で、一ヶ所に留まるということがない。待ち時間が惜しいので、雅之は階段を利用することにしている。もともと、四十代を迎えてから、意識的に動くようにしていた。だからこそジムに通う時間が減った現在もなお、平らな腹と精悍な横顔を維持することができるのだ。

いつものように四階を目指していたら、かんかんかん、と鉄の階段をリズミカルに上がる日に焼けた丈夫そうな脚が目に入った。まさか、と思って呼び止めたら、玲実が嬉しそうに振り向いたというわけだ。

「私、今日からまたこちらのビルでお世話になりまーす」

「なんだって？」

意味がわからず、雅之は玲実を下から睨む格好になった。スカートの裾が風にそよいで、ひらひらと舞っていた。まるで若木のようにしなやかでたくましいふとももが、寝不足の目にはまぶしかった。

「ここの屋上で働くんです！　すごくないですか⁉」

「屋上？　ここに屋上があるのか？」

雅之はまだ一度も四階より先に上がったことはない。一分一秒が惜しいくらいに、日々の業務に追われていた。昼食も部下に買ってこさせたコンビニ食を、デスクに座ったまま詰め込むことが多い。

「この間、ここのビルのオーナー、亡くなったじゃないですか？」

「ん、ああ……」

そういえばそんな話をどこかで耳にしたかもしれない。テナントの賃貸料に関するやりとりは、本社の総務課まかせにしているから、オーナーと直接顔をあわせる機会はない。

「オーナー、私にこの屋上をくれるって親族に遺言を残してくれたみたいで」

「は？　お前、いつの間にオーナーと仲良くなったんだよ」

「なに言ってるんですかあ、社長。私が仲良かった守衛のおじさま、覚えてます？」

勤務中にもかかわらず、よく玲実が話し相手になっていた老人か。ドアの開け閉めにうるさく、深夜まで残っているセンターヴィレッジの社員には冷たかった。居丈高なしゃべり方をする男で、皆に疎まれていた。そういえば最近、姿を見ない。

「あの人がこのビルのオーナーだったんですよ。お名前は菅沼さん」

玲実はこともなげに言い放つ。事情を飲み込むのに雅之は数秒を要した。

「資産家で楽隠居なのにおうちに居られない性分だったらしいんです。お葬式の日、親族のみなさんがおっしゃってました。ああやって自らビルのこまごました管理をして、ボケ防止していたんだっておっしゃってましたよ」

それはそうとしても、そんなハリウッド映画みたいな話があってたまるか。しかし、玲実が何故か年配の顧客に受けがよかったことを思い出し、雅之は黙り込んだ。彼女は大真面目な顔つきで語り出す。

「私、退職してから色々考えたんですよ。どうして、センターヴィレッジの業績が悪化しているのかなあって。皆さん、優秀だし、昼も夜もなく、プライベートを犠牲にしてまで頑張ってるのにもったいないですよぉ。このままじゃ人も育たないし、みんなすり減るばっかりっすよ」

あまりのおめでたさに、もはや雅之は声も出ない。お前みたいに使えない上にすぐ辞める新人のせいだよ！　と切り返してやりたい。玲実の発想では、非はすべて他者にあるのだ。

「私、この一年、よぉく考えたんです。それってぇ、残業しすぎだからだと思うんです！」

雅之は立ちくらみを覚えて、手すりにしがみついた。

昨夜《ゆうべ》会社を後にしたのは午前三時。今は眠たくてしかたない。最近は睡眠薬とアルコールがないと寝付けないくらい、神経が高ぶっていることが多い。この小娘、社員のために心身をすり減らす経営者に「上から目線」で物申すつもりらしい。

「あのですね、すっごく売れてる、なんとかなんとかっていう、ビジネス書で読んだんですけど、残業ってよくないらしいんですよぉ。残業してるっていう満足感で、どんどん自分に甘くなるし、効率は悪いし、疲れは残るし、プライベートな時間を割くから、新しいアイデアは生まれにくくなるしぃ」

「お前……。わが社の体制を批判するつもりか？」

そんなクズみたいな本を真に受けるな、と言いたかったが、胸がちくちくする。認めたくはないが、痛いところを突かれているという自覚はあった。業務を切り上げて家に帰るべきタイミングがもはやよくわからない。どうせ、家に帰っても一人きりなのだ。

しかし、子供の付け焼き刃の理論に負けてなるものか。自分の代わりに誰がいる。今更やり方を変えることはできない。玲実は慌ててかぶりを振った。

「え、そういう意味じゃないですよぉ。で、会社の上にビアガーデンがあれば、みんな仕事を早く切り上げたくなるかなって思ったんです」

「ビアガーデン……」

「そう！　私、来週からここの屋上でビアガーデンを開くんです」

得意そうにそう言うと、玲実は段ボールの上に載った紙束から、一枚を差し出してみせた。チラシには色とりどりの文字と黄色いビールのイラストが躍っている。

『コンクリートジャングルにオアシス現る!?　紀尾井町・菅沼ビル屋上にて期間限定ビアガーデンREMI☆REMI開店　美味しい生ビールが350円！　夜7時から　定休日・日曜』

なにがレミレミだ、まるで高校の文化祭ではないか。くだらないことを――。

雅之は舌打ちを飲み込んだ。一体どれぐらいの客数を見込んでいるのだろう。調理器具を置くとして、六十坪にも満たない屋上に置けるテーブルはせいぜい二十がいいところだ。採算を合わせるにはよほどの経験と人材が必要だ。たった一人で、それも玲実のようなうっかり者にさばけるわけがない。商売をなめているとしか思えない。

雅之は無言でチラシをまるめると、苛立ちにまかせて玲実にぶつけた。

「わー。ひどーい。一生懸命作ったのに。よく読んでくださいよぉ」

泣きベソをかく真似をするものの彼女はダメージを受けた様子もなくそれを

ひょいと拾い上げる。紙の皺を伸ばすと、うきうきした顔つきでなにやら折っている。雅之は彼女を突き飛ばさんばかりにして横をすり抜け、さっさと四階にたどり着く。鉄扉《てっぴ》を押す瞬間、背中に何かがあたった。振り向くと紙飛行機が落ちていた。

玲実のチラシは空を舞い、雅之に追いついたのだ。

2

月曜日の朝、ビルの前でチラシを配っている玲実に出くわした。出勤途中のビジネスマンらに向かって声を張り上げている。

「ビールの美味しい季節でーす。菅沼ビル屋上にオープンしたビアガーデンREMI☆REMI、一度お越しくださいませ〜。チラシにお得なクーポンがついてまーす」

アメリカ合衆国の星条旗をデザインした派手なユニフォームと揃いのキャップ。なんと背中には巨大なビアサーバーを背負っている。どちらかといえば大柄なほうなのに、まるでタンクにちょこんと体がくっついているかのように見え、やどかりそっくりだった。行き交う人々がちらちらと彼女に視線を投げかけている。

「なんだ、その格好は」

絶対に無視したいところだったが、我慢できなくなって声を掛けてしまう。

玲実が嬉しそうに振り返った。ポニーテールが尻尾のように、ぴょんと揺れる。

「少しでもお客さんをいれるスペースを確保したくて、このスタイルにしました。これなら、私一人がいれば最小限の動きで接客からビール注ぐのまで、全部できちゃう。それにこの格好だけでいい宣伝になると思いません？　こうやって朝チラシをまけば、もらった人はその日一日、ああ、ビアガーデン、ビアガーデンって、頭が一杯になって夜にはビール脳になってるかもでしょ？」

なるほど、と一瞬感心しそうになるのを慌てて振り払う。

玲実がどういうわけか今は亡きオーナーから屋上を譲り受け、ビアガーデンをオープンさせたという情報はその日のうちにビル全体に広まった。社員らはいずれも、雅之が浮かべたのと同様の苦い色を滲ませた。

――あの子、やっぱり頭がどうかしてるんですかね。

――どうせ、上手くいきっこないですよ。

——あの子、オーナーの愛人だったんじゃないの。子供みたいな顔をして。ああいうタイプが一番怖いのよ。

誰もが雅之に追従するように、玲実のしたたかさと無鉄砲ぶりをこきおろした。それを目にしても溜飲が下がるどころか、かえって嫌な予感が高まるのは何故だろう。

「このビアサーバーって超重いんですよ。米俵くらいあるんです。人と一緒の時にエレベーター乗るとすぐに停まっちゃうから、できるだけ階段を使っているんです。かなり足腰鍛えられますよ。なんか登山してるみたい。あっ、社長も階段派でしたよね。覚えてるんだ。そういうことだけは。へへへ！」

にまにまと笑い、頼まれてもいないのに、その場をくるりと回ってみせる。

「どうですか。これ、かっこよくないですか。私、ビアガールってすっごく憧れていたんですよぉ。小さい頃、父によく東京ドームにつれていってもらったんです。あのひとたちって、球場の華って感じで子供ながらに憧れたなあ。でもあれ、美人じゃないとなれないじゃないですか。小さい頃からの夢がようやく叶ったって感じぃ。なんかちょっと、背中にメカしょってる感じが、『ゴーストバスターズ』っぽくないですかあ？」

『ゴーストバスターズ』といえば、妻と初めて一緒にみた映画かもしれない。若いのに、随分古い作品に詳しいんだな、と思わず言いそうになって唇を引き締める。まずい――。すっかり玲実のペースだ。

「そんなことより、まさかメニューはビールだけってわけじゃないだろうな。お前、料理なんて出来るのか？」

玲実はたちまち眉間にしわを寄せ、かぶりを振る。

「出来ないに決まってるじゃないですかあ。食べるのは大好きだけど、玉子焼きも作れないんですよぉ。食中毒を出すのも怖いし。レトルトをチンしたり、茹でたり、缶詰をあけたりするだけの簡単作業にしてるんですう。人を雇うお金もないですしね。今のところ、調理には、七階のマッサージ屋さんの給湯室を使わせてもらってます。あ、でも食品衛生責任者の講習会にはちゃんといきましたよ！」

子供っぽい彼女のことだから、てっきり美味しくもない手作りの焼きそばだのお好み焼きだのを振るまいたがるかと思っていた。自分がよくわかっているんだな、と雅之は改めてかすかに感心する。玲実にはそういうところがある。無謀に見えて、自分のスペックを受け止める、冷静な一面を持っている。が、こんなところで立ち止まっている暇は自分にはない。

雅之は無言で玲実の前を通り過ぎてビルに入り、外階段を上り始める。すぐさま、玲実もそれにくっついてきた。ビアサーバーの重みのせいか、彼女が階段にスニーカーの足を下ろすたび、ミシッミシッという不穏な音がした。うんざりしながらも問いかけてしまう。

「料理はレトルト、従業員は一人……。誰がそんなままごとに金払ってくれるんだよ」

本当にこれでは、文化祭レベルではないか。上手くいかないのは目に見えているのに、胸騒ぎが消えない。何故、彼女がこれほど疎ましいのだろうか。玲実は自信たっぷりといった面持ちで答えた。

「だって、ロケーションが抜群にいいんです。初めてここの屋上に上がった時、びっくりしたんですよ。あんまり気持ちよくて。それに、この辺、ビアガーデンどころか居酒屋もあまりないし。ちょっと仕事から離れてお茶したり、飲めるお店も少ないじゃないですか。だからなんとかなると思います」

「ロケーションだけで客が入れば苦労しないだろ」

「うーん……、ねえ、社長。ビアガーデンって日本で生まれたんですよ。知ってます？」

「え、ドイツあたりが発祥じゃないのか？」

条件反射で質問してしまうと、玲実は待ってましたといわんばかりにとうとうと語り出した。

「いいえ、一九五三年、大阪で始まったんです。戦後焼け野原だった大阪にビルがにょきにょき建ち始めたころですね。ビアガーデンの誕生の地となったのが、大阪第一生命ビル屋上。もともとはそのビルの地下でレストランを経営していた黒須定七さんという男性が、オートバイの展示会のプロデュースを頼まれ、屋上を借り切ってパーティーしたことが始まりなんですって。お客さんたちは屋外で飲むビールの美味しさにもうやみつき。展示会が終わっても、屋上に上がりたい、屋上でビールを飲みたい、という声は後を絶たず、とうとう屋上スペースを巨大なビアホールにすることになりました。これがビアガーデン第一号です。つまり、空きスペースを利用した偶然の産物が大ヒットしたんですよ。ビジネスってそんな思いつきから生まれるんじゃないでしょうか」

大方また検索にのめりこんで得た知識だろう。よどみのない口調に引き込まれ、ついつい最後まで聞いてしまった自分が口惜しい。雅之は再び、階段を上り始める。玲実の声が背中を追いかけてきた。

「大阪人のアイデアってすごくないですかぁ？　回転寿司だってスーパーマーケットだってインスタントラーメンだって、全部大阪で生まれたんですから。人と人の距離が近くて根っからの商売人で、面白いと思ったらすぐ行動にうつす気質のおかげなんですよね。だから色んな発想が形になるんですよね。私、この一年間、日本中を旅したんです。美味しいものをたくさん食べて、いろんな土地のことを勉強しました。それで気付いたんです。売られるのを待っているものが、日本にはまだまだたくさんあるんだなって」

話し足りなそうな玲実を無視して、四階の鉄扉を押す。振り向くと、扉の向こうに隠れていく、少しだけ寂しそうな彼女が見えた。

ワンフロアのオフィスは早朝とは思えないほどのよどんだ空気に満ちている。最年少の榎本《えのもと》が青白い首をのけぞらせ、新聞紙の上にごろりと寝転んでいた。おそらく昨夜もまた徹夜をしたのだろう。昼過ぎに出社する者、こうして朝まで働いて一度家に帰りシャワーを浴びてから戻ってくる者、とまちまちだ。

「社長、おはようございます」

マクドナルドのハンバーガーをかじりながら、オフィス一番の巨体である杉《すぎ》野《の》がぼそりとつぶやいた。ここまで肉汁とポテトの匂いが漂ってくる。パソコンの白い光に浮かぶむくんだ顔は、こちらを向こうともしない。

雅之は、窓側の一番大きなデスクにつくと同時に引き出しを開け、清涼感をうたう目薬を二滴ずつ瞳にブチ込んだ。出社前にコンビニで購入した、おにぎりとヨーグルトをペットボトルの茶で流し込むと、パソコンを立ち上げる。

本当は危なっかしいベンチャー企業の社長になんて、なりたくなかった。合併を繰り返されようと、本社の課長で満足だったのに。社長命令とあっては逆らえなかった。

——君には外で商社の新しい形を模索して欲しい。このままでは商社の未来は真っ暗だ。だが、うちは既存事業の見直しで手一杯なんだ。採算の悪い新事業や新素材に手を出す余裕も時間もない。

と、五年前、数名の若手社員等と一緒に突然、なんのビジョンもないまま放り出された格好になった。ＩＴバブルが弾け、かつては目新しく思えたネットを介した取引も陳腐化している。今更どんなシステムを切り開けるというのだろう。これぞという技術や商品を持つメーカーの多くは、商社を介さずとも自ら市場を開拓する時代だ。

センターヴィレッジは今や「なんでも屋」に成り果てている。キャラクターデザインやホームページ制作を請け負う者、メーカーと代理店の板挟みに遭い、ただの使いっ走りをさせられる者。最近ではもっぱら、リサーチ系コンサル会社の様相を帯びている。しかし、営業をかけるたび「商社に何ができる」「大きなお世話だ」という冷ややかな視線を感じてもいた。

雅之自身、部下全員の動きを把握できていない。まるでこのオフィスは泥舟のようだと思う。おまけに船頭である雅之でさえ、どこへ向かうのか、よくわかっていない。

昼過ぎに一応社員は顔を揃え、いつものように停滞した時間が流れていく。

玲実がビアサーバーを背負ったまま、オフィスに派手に登場したのは夜七時過ぎのことだ。

「すみませーん。給湯室の電子レンジを借りてもいいですかぁ?」

「おい、仕事中だぞ!」

かっとなって追い出そうとしても、玲実は目をぱちぱちさせて、悪びれる様子もない。

「ごめんなさーい。七階のマッサージ屋さんが臨時休業したから、中に入れなくてえ。チンだけしたら、すぐ帰りますんで。もちろん、チンした分数はちゃんと記録するんで、あとでまとめて電気代は支払いますね」

　誰も返事をしない。カチカチとキーボードを打つ音だけが響いている。玲実はその様子を見回すと、大げさにため息をついた。

「あー、もったいない。今夜の神宮の花火は屋上からよく見えるのに。ほんの五分、上でビール飲むだけで気分は変わるのになあ」

「え、それ本当？」

　ずっとパソコンから目線を外さなかった沢村真紀子《さわむらまきこ》がそう言って、おもむろに眼鏡を外した。

「神宮の花火ってここから見られるの？　それに今日って花火なの？」

　入社前ははつらつとした美人だった彼女も、この数年ですっかり老け込んだ。乾燥した青白い肌にひっつめの黒髪、目尻に集まった皺はとても二十七歳とは思えない。業務に追われるうち、恋人とも別れたらしいと噂で聞いている。玲実がにこっと笑ってうなずいた。

「そうですよ。気付きませんでした？　このビルにいてこんな時に残業しているなんて宝の持ち腐れですよ！」

「私、ちょっとだけ、行ってみようかなあ。ほんの十分だけ」

真紀子は独り言のようにつぶやくと、雅之の顔を怯《おび》えたように窺い席を立つ。真紀子の隠れファンである須藤、細野がそろそろと席を立ち、後に続いた。玲実は満足そうに肩をすくめると、彼らを追い立てるようにしてオフィスから姿を消した。鉄扉が閉まる音がし、雅之は奥歯を嚙みしめる。

どん、どんという花火の音がその日は、一時間ばかり続いていた。

ああ言われなければ大して気にならなかっただろうに、もはや気が散って仕方がない。三名の部下は結局、二時間経っても三時間経っても、戻ってこなかった。

3

「ル」の形の影が、雅之のデスクに落ちている。

ガラス窓の下に垂れ下がっている幕のせいで、もともと日当たりの悪いオフィスが、さらに薄暗くなった。今朝、出社したら、ビル正面の四分の一を覆うような垂れ幕が掛けられていたのだ。「ビアガーデン　REMI☆REMI

当ビル屋上OPEN」とけばけばしい文字が書かれている。頭にきて、玲実の携帯に電話し、文句をつけてやると、まったく悪びれない声が返ってきた。

――すみません〜。でも、オーナーの遺言に、屋上ビジネスのPR活動には、各フロア協力すべしってありましたよ。あ、ご迷惑かけたおわびにビールのクーポン、差し上げましょうか？

なんでも、玲実が美大出身の友人に作らせたものらしい。

――別に皆さんに迷惑をかけるつもりはないんですよ。でも、バブルの頃って、都心のビルはほぼ100%稼働していたんですよね。やっぱり一つのフロアの景気がいいとビル全体に伝染していくんじゃないかって思うんですよ。ほら、シャワー効果っていうんですか。昔、社長が朝礼で教えてくれたじゃないですか。

デパートの上階で何か目立つ催事をすれば、目当てで訪れた客の購買意欲は刺激され、下の階でも買い物をすることが多い事例だ。玲実のビアガーデンが賑わえば、ビル全体に活気が出る――。それはまぎれもない事実だ。事実、一階のコーヒー店は夜遅くまで賑わっている。ビアガーデンの客らが酔い覚ましに利用するためだ。

どういうわけか、今のところ、玲実のビアガーデンは繁盛しているらしい。夕方を過ぎると、エレベーターホールが賑やかになる。エレベーターはすぐに満員表示が出て、途中階からはなかなか乗れなくなったらしい。オフィスまで笑い声や音楽が聞こえてくる。

——オフィスを暗くしちゃったのは、ごめんなさい。でもぉ、社長、同じビルに居るのにこうやって携帯で話すなんて不経済ですよ。ちょっと上がるだけじゃないですか、ねえ、どうせならここまで私を叱りに来てくださいよ。

うるさいっ、と怒りにまかせて電話を切った。

自分が汗水垂らして働く真上で、玲実がおもしろおかしくやっていると思うと無性に腹立たしい。ビジネスはそんなに甘いものじゃない、と説教してやりたいが、そうなったら彼女の思うつぼという気もする。

何より忌々しいのが、部下が一人、また一人と玲実側にまわり始めていることだ。食いしん坊の杉野は屋上に行ったことを、申し訳なさそうに打ち明けにきた。

「ね、社長も行きましょうよ。佐々木のビアガーデン。いや、あの値段であれだけ美味しいビールなら、色んな人に勧められますよ。なにしろ、さくっと行けるし」

「会社の屋上があんなに眺めがいいなんて知らなかったわ。よーし、今夜も八時には抜けられるように頑張ろう」

堅物の楠亜希子のこんな笑顔など、これまで一度も見たことがない。

「くだらない」

雅之がそう吐き捨てると、場はしんと静まった。それでも皆、仕事のスピードを緩めようとしない。電話が鳴る度に一度の呼び出し音も許さず、誰もが受話器を競うように奪った。キーボードを叩く音がどんどん速く、細かくなっていく。皆の心が、すでに屋上にあることが手にとるようにわかる。

子供のお遊びに付き合っている暇などない。どうせ今に食中毒でも出して閉店に追い込まれるに決まっている。佐々木玲実なんかに支配されてたまるものか、と雅之はエンターキーに指を叩きつける。あのゆとりモンスターめ。今に足をすくわれるがいい。彼女の失敗を必死に祈っている自分に気付き、雅之は嫌な気分になった。

結局のところ、雅之の船を無傷で逃げ出した彼女が許せないのかもしれない――。

本社がリストラや合併を繰り返していた時代、逃げ出す仲間を何人も見てきた。どいつもこいつも簡単に仕事を放り出しやがって。歯を食いしばって耐えるということを何故しない。辛い環境にさっさと見切りをつける人種だけは許せない。逃げるやつらは大嫌いだ。

こんな時に、妻と交わした最後の会話が蘇る。

——あなたって、結局、怖がりなのよ。自分にとって居心地の良い生き方を追求するのが怖いのよ。それは逃げじゃないのに……。

子供が出来ないことには、結婚してすぐ気付いた。名医と呼ばれる産婦人科医を見つけ出し、夫婦揃って検診を受けた。気の遠くなるような長い旅が始まった。焦ることはない、人それぞれペースがある、と励まし合いながら、二人で闘ってきたつもりだ。しかし、ある日不妊治療をやめたい、と妻が言い出した。

——もう、やめない？　私は悪くないと思うの。子供がいない人生も。夫婦二人だけでも、その分、豊かに生きていきましょうよ。旅行をいつするのも自由。ペットを飼うのも自由。

あの時、雅之にはさっぱりとした顔で笑う妻が裏切り者のように感じられた。

なんで逃げるんだ、二人で頑張ろう、人並みの幸せが得られなくていいのか、となじるうちに、次第に妻の表情から明るさが消えるようになった。そしてついに先の言葉を投げつけられたのだ。

それからしばらくして、妻は家を出た。現在は親戚の持ち物である白金《しろがね》のマンションで一人暮らしをしている。別居状態が続いて、もう半年になるだろうか。

玲実の能天気な声に、思考が中断された。

「すみません。電子レンジ、また借りにきました〜」

誰かの腹が鳴り、いつにないクスクス笑いが広がる。ああ、やっぱりこの娘が苦手だ。雅之は周囲の目も気にせず、きっぱりと言い放つ。

「一日百人だ」

「は？」

玲実は目をぱちぱちさせている。そう、こんな風に無意味なまばたきが多い女だった。見るもの聞くもの、生まれて初めて遭遇するような、赤ん坊のようなこの表情に、時々ひっぱたきたいような気にさせられた。赤ん坊。そう、彼女は赤ん坊そのものだ。だから、こんなにも気持ちを逆撫でするのかもしれない。

一から手間と愛をかけて育ててやらねば、決して輝くことのない原石。彼女とうまく向き合えないというだけで、父親失格の烙印を押された気になる。父親だけではない。夫にも社長にも失格となった男。それが自分だった。

「一日百人のノルマを達成しろ。そうしたら、必ず、お前のビールを飲んでやろう」

指令というより、脅迫だな、と我ながら嫌な気持ちになった。玲実はいつになく真面目くさった顔でこちらを見据えていたが、ややあって、

「え〜。絶対に無理……。その半分とかじゃだめですかあ？」

と、甘ったれた声でつぶやいて、ふてくされた。誰かがぷっと吹き出した。

4

最近、部下が外から帰ってくる時、うっすらと汗ばんでいる。

ビアガーデンが盛況で、エレベーターが停まらないことがこれまで以上に増えたせいだ。人の迷惑を顧みない玲実にいっそう腹が立ったが、どうやら部下

らの運動不足解消に一役買っているようだ。心なしか、この二週間で杉野が少しほっそりした気がする。

「社長、大変です。佐々木がテレビに出ています」

夕方、榎本がすっ飛んできた。差し出されたスマホに出ているユーチューブの動画を見て、雅之はぎょっとする。

東京サマーマラソンは夏の大手町の風物詩だった。スタートとゴールのみキー局のチャリティー番組で必ず中継されることになっていた。ピストルのスタート音と同時に何百人という参加者が、同時に走り出す。先頭に躍り出たのは、なんとビアサーバーを背負った玲実だ。Tシャツの胸には「REMI☆REMI　仕事帰りの疲れをいやす話題のビアガーデン」とある。ご丁寧にURLまでプリントされていた。

――あはは、面白いですね。ビアガールが先頭を走ってますよ。ビアサーバー、重いだろうに、速いですねえ。

――あれ、おまけにあのビアサーバー、「一番ムギ」と書いてありますね。この番組のスポンサーさんの看板商品じゃないですか。やるなあ～。

玲実の判断は間違っていない。もっとも安いコストで最大限の宣伝、それは社員が個性的な広告塔になることだ。おまけに、抜け目なくスポンサーの商品まで宣伝するとは。

こんなに足が速いとは知らなかった。が、トップでいたのもつかの間、玲実の体は焼け付くアスファルトにたたき付けられる。しょっているビアサーバーから黄金色の液体が流れ出した。腹ばいに倒れ込んだ玲実は早くも泣きベソをかきながら、顔を上げた。額がすりむけ、うっすら血が滲んでいる。「東京ポトフ」というロゴの入ったTシャツを着た若い女がちらちらと玲実を気にしつつも、すぐに走り去った。他の走者も次々に彼女を追い越していく。ビールの水たまりに足をとられ、皆迷惑そうに顔をしかめている。

――あーあ、転んじゃいましたねえ。でも、可愛い看板娘がいるビアガーデン、是非一度足を運んでみたいものですね。

――大変だ。ビールの海ですよ。他の出場者たち、戸惑ってますよ！

実況者らは苦笑しつつも、楽しんでいる様子だった。雅之は頭を抱え込みたくなる。榎本が携帯電話を引っ込め、遠慮がちに続けた。

「社長、マルタンが今度のプレゼンに参加して欲しいとのことです。競合は大手広告代理店ですから、かなり厳しい闘いになると思いますが」

マルタンといえば、大手ガソリンスタンドのチェーンではないか。

「なに、先方からコンタクトがあったのか？」

「いえ、昨夜、上のビアガーデンで担当者とたまたま席が隣り合いまして……。なんというか、その意気投合しまして……」

そうか、とうなずくが、もはや居ても立ってもいられない。引き出しからタバコを取り出すと、外階段へと向かった。禁煙を心がけてはいるが、一服しないとてもこの感情をやり過ごせそうにない。

運悪く、階段の踊り場で玲実がせっせと手すりにぞうきんを干している。雅之は思わず、その肩をつかんで振り向かせた。額に大きな絆創膏がはってあったが、彼女はケラケラと笑っている。

「お前、それ転んだ時のか」

「あ、もしかして、テレビ見てくれました？　あれ、すごくいい宣伝になると思いません？　百名くらいすぐに集まっちゃったりして」

「そんな簡単にいくわけないだろう」

こちらの冷たい言葉など少しも耳に届かないらしい。完全に調子に乗っていると見え、玲実はふにふにと鼻歌を歌っている。

「ねえねえ、社長。差し出がましいようですけど、あんなに遅くまで会社にいたら、ご家族が心配しませんか?」

「部下が働いているのに、俺だけ早く帰れるか」

「逆ですよぉ」

たちまち、玲実は子供のように頰をふくらませる。

「社長が会社にいるから、みんな帰れないんですよ」

いつになくきっぱりと玲実が言った。その目は冷静といってもいいほどで、雅之は思わず後ずさりする。

「このままじゃ、みんな体か心を壊しちゃいますよ。家族や恋人ともうまくいかなくなるんじゃないですか。社長はプライベートなんかって思ってるかもしれないけど、優れたアイデアっていうのは、豊かな人生から生まれるって、えと、タイトルは忘れちゃったけど、すっごく売れてるビジネス書に……」

「お前、何故、そんなにもこの会社に固執する」

もはや目を逸らしている場合ではない。雅之は真っ向から彼女に向き合った。

「固執っていうか、お世話になったセンターヴィレッジに恩返ししたいだけですよぉ」

なんの悪気もなさそうなきょとんとした表情に、心底ぞっとした。もし、皮肉だとしたら、相当な性悪だと思った。

もしかして、これは復讐ではないだろうか。玲実は自分を切り捨てた雅之から、すべてを奪うつもりで、このビルに戻ってきたのではないだろうか。

本当は気付いていた。若手を育てる余裕がなかったのではない。単に若手を食いつぶしていただけなのだ。唯一飲み込まれなかったのが、この玲実なのだ。これくらい図々しくなければ、自分を保てないような環境なのだ。それをつくり出したのは、他でもない。自分だった。

雅之はほんの一瞬、この手すりを乗り越え、すべてを終わらせたい衝動に駆られた。次の一歩を踏み出す気力もアイデアも、体中のどこを探しても見当たらない。こんなはずではなかった、と頭の中で誰かが叫んでいる。短い沈黙を破ったのは玲実だった。

「だって、私、御社しか受からなかったんですよぉ。百四十社受けて、内定くれたの御社だけだったんです。だから、私、勝手に運命感じてるんです。このオフィスに」

「おい、今、百四十社って言ったか？」

思わず聞き返すと、玲実はなんということもないふうに、にこっとしてうなずいた。雅之は額を指で弾かれたような気がして、しばし呆然とした。

「はい！　就活始めた時、まさに震災の年で……。過去最高に求人が減ったんですよ。何も考えないで陸上だけやって生きてきたのに、突然、荒波にほうりだされて、ぽかんとしちゃったっていうか。でも、被災した方々のご苦労や心痛に比べれば、なんぼのもんじゃいですよね」

あの年のことを思い出す。確かに倒産が相次ぎ、内定取り消しをよく耳にしたものだ。

「だから、あきらめだけは早いんです。ダメって思ったら、ぱっと離れて、次の手考える！　いちいち、落ち込まない！　身をすくませているうちに、何かは出来るかもしれないじゃないですかぁ」

玲実はえへん、とわざわざ口にして胸を張った。夕方の風にぞうきんがそよそよと揺れている。

「お前は確かにどうしようもないけど……、大変な時代に生まれたんだよな。俺の時は売り手市場で、大手に就職するのは簡単だったたよ。気長に育ててもらえたよ」

つい、ぽろりと漏らしてしまった。「育てる」という言葉の持つ豊かさが、胸にしみた。

　会社をダメにしたバブル入社組と後ろ指をさされていることは知っている。それでも、仲間たちが容赦なくリストラされ、誰かの心が折れる瞬間を何度も目の当たりにしてきた。だからこそ、気合いや優秀さを見せつけたかった。人と人の繋がりの中で、日本の資源を動かしてきたのだという自負もある。今さら、生き方は変えられない。

　こちらの気持ちを知ってか知らずか、玲実はふんわり微笑んだ。

「なに言ってんですか。内定もらうより、続ける方がずっと大変に決まってるじゃないですか〜。私なんて挫折した負け組ですから。それにね。社長は私をちゃんと育ててくれましたよ」

　玲実はさっとオフィスに入ると、給湯室へと向かった。雅之もそれについて行く。玲実は手をよく洗うと、冷蔵庫から枝豆のパックを取り出し、電子レンジに放り込んだ。

「俺が……、お前を育てた？」

「社長、おっしゃったじゃないですか。お前のようなゆとり世代は会社員なんて向いてないって。うちでままごとでもしてればいいんだって。私、あれからよく考えました。それで、自分で会社を起こすことを思いついたんです。全部、社長に受け入れてもらったおかげです。踏み出してよかった。おかげで次の道が開けました。人の下で働くのが苦手なら、自分が雇用主になればいいんだって！　すばらしいヒントをありがとうございます」

チン、と音がした。玲実は電子レンジから膨らんだビニール袋を取り出し、あっつ、と顔をしかめて、耳たぶに手をやった。ほかほかとした湯気が辺りを覆う。

そんなつもりで、言ったのではないのに——。玲実は枝豆を紙皿に移すと、再び屋上へと戻っていった。

その晩、ＲＥＭＩ☆ＲＥＭＩを訪れた客は百六十七名に上ったという。

5

新婚時代に妻からプレゼントされたブルガリの腕時計を見つめ、雅之は小さくため息をつく。六時だ。玲実との約束を果たせないまま、もう三日が過ぎている。意を決して、パソコンを落とした。デュワ、というおなじみの電子音に、オフィス中の視線がさっと集まる。

「あれ、社長……」

榎本がおそるおそる、といった様子でパソコンの陰からつぶらな瞳を覗かせた。

「今日はもう帰る。あとは頼んだ」

手早くデスクを片付け、椅子を引いて立ち上がる。こんな時間にオフィスを出るのは何年ぶりだろうか。やっと、決心がついた。雅之は生まれて初めて、外階段で四階の先を目指す。鉄扉を押す直前、背後で小さなざわめきが起きるのを感じていた。ぬるい風が体を包んだ。階段をゆっくり上っていく。未知の領域が一歩、また一歩と近づいてくる。まるで自分の体が空に羽ばたいていくような錯覚を覚えた。

認めたくはない。でも、認めないことには先にゆけない気がした。

この一週間で、三つの商談がまとまり、小さいながらも新規事業の立ち上げに成功した。そう。残業を回避するために、誰もが集中して仕事に取り組んでいるのだ。そのおかげで、能率と正確さが飛躍的に上がったことが大きな要因だ。もはや認めざるを得ない。

階段が途切れ、視界が開けた。

「すみませーん、まだ開店前なんです。あ、社長っ！」

振り向いた玲実にたちまち笑顔が広がる。雅之はぐるりと屋上を見回した。

提灯が張り巡らされ、ビニールの椰子《やし》の木が飾られている。中央のビニールプールは水で満たされ、発泡酒やソフトドリンクの缶やペットボトルが放り込んであった。小さな音でブラジル音楽らしきものが流れていた。東京にこんなに広い空があったのか、と目を見張る思いだった。

あかね色に染まり始める空を背景に、都心のビル群が一望できた。五年も気付かなかった。いや、屋上に限らず、色んなことに自分はまだ気付いていないのかもしれない。

「ビールを頼む」

雅之はそっけなく言い、デッキチェアに腰を下ろす。火照《ほて》った頬を風が気持ち良く冷ましてくれた。玲実は嬉しそうに、腰に下げているカップの一つを取ると、腰を屈めてチューブからビールを注いだ。しゅわわわ、という音が耳をくすぐる。小憎らしいことに、液体八割に対して泡は二割。ビールの黄金分割と言ってもいい、完璧なバランスだった。

雅之は受け取ったカップをしげしげと見つめる。ビニールのカップではあるが、よく冷えた泡が唇に心地好い。ほろ苦い黄金色の液体が喉を通り過ぎると、世界が急に彩りを取り戻した。いつになく、心が解き放たれていく。

「おつまみは……、ふうん、これか」

ラミネートされたメニューを眺めるうちに、雅之は枝豆や玉蜀黍《とうもろこし》、レトルトの煮物やピラフがいずれも東北の個人商店のものであることに気付く。電子レンジで温めれば、すぐに口にできるものばかりだ。

「なるほど、これはビアガーデンに見せかけた復興支援の物産展ということか」

「支援のためにも東北のものを食べなきゃって思っても、やっぱり試食の機会がないと、購入には踏み切れないですよね。でも、お勧めしてる人ってなかなか物産展に足を運ぶ機会はないし。REMI☆REMIのホームページから、クリック一つで購入できるんですよ。この一年で何度も被災地やその周辺をまわりました。その時、お付き合いが生まれた個人の事業主さんの商品ばかりです」

玲実はそう言って、携帯電話の端末を突き出した。商品の一覧と購入方法がずらりと表示されている。

「この辺、大手企業が多いじゃないですかあ。ああいうところの社員さんらに目を留めてもらえれば、そこから広がっていくかなって思ったんですよね。商社冬の時代なんて言われてますけど、アイデア次第でまだまだ販路は開拓できると思うんですよ」

それこそが、総合商社のあるべき姿だった。まだ誰も目をつけていない市場の開拓や事業を自らの手で「育てる」ことが、この仕事の本質だったのだ。そうだ。今ないのなら、種を蒔き、水をやり丁寧に添え木をし、育てればいいだけだ。

「例えば、うちで扱う商品を、ここで宣伝することは可能か。この屋上をイベント会場にすることも考えてみたい」

彼女は薄闇の中でもそうとわかるほど目を輝かせ、大きくうなずいた。

「もっちろんですよ。でねでね、ゆくゆくはＲＥＭＩ☆ＲＥＭＩをチェーン展開するつもりなんです。オフィスの屋上って、意外と空きスペースになっていることが多くないですか？　遊ばせとくなんてもったいない。この開放的な雰囲気が食欲や購買欲をかきたてるんです。オフィス街にはもっとコミュニケーションの場が必要です。商談やプレゼンの場として機能させない手はないですよ。社員食堂が美味しい会社は業績がアップするのと一緒です。早く飲みに行きたいと社員を煽れば、仕事の能率もアップしますって。実際そうじゃなかったですか？」

まったく彼女には敵わない、とつくづく思った。行動力、コミュニケーション能力、表現力、何をとっても。

「でもなあ、お前、ビアガーデンなんて夏だけのもんだろ。寒くなってからのこと、ちゃんと考えてるのか」

ついついそう言うと、彼女はえくぼを作り、眉尻を下げた。

「それなんですよねえ〜。私、なあんも考えてなかったですぅ」

玲実がぽやんと間の抜けた声をあげたので、雅之はやれやれと笑ってしまう。やっぱりそこは、ゆとり世代だ。圧倒的に見通しが甘い。社会は自分に対して、協力してくれるもの、傷つけないものと思い込んでいる。発想は優れていても、長期的な視野に欠けている。やはり、自分のようなベテランがサポートし、導いてやらねばらちがあかない。雅之はようやく気付く。

もしかして、これでいいのではないか。完璧な指導者になることも、手本になることもできない。気力だけではどうにもならない。ただ、今まで欠けていたのは、足りない部分を互いに補い合うということではないだろうか。

「ま、まあ、なんとかなりますってぇ。夏が終わる前に、社長も誰かこれぞっていうお客さん、連れてきてくださいよ。私、大歓迎します！　一番美味しいビールをお出しします」

玲実は勢い込んでそう叫んだ。ハアハアと息を吐き、ちぎれるほど尻尾を振る子犬のようだった。昔、実家でこんな犬を飼っていたことをふと思い出したら、彼女と向き合って初めて笑みがこぼれた。

「きゃあきゃあ、うるさいな。この仙台産だだ茶豆っていうのをもらおうか。うまそうだ」

「はい、あ、このきりたんぽもなかなかなんですよ。これも、チンしてきましょうか。お鍋に入れるのがポピュラーですけど、私はトースターでチンしてわさび醤油マヨで食べるのをおすすめしてますっ。お米の甘みが生きるんです」

テーブルの上にあるのは、小さな醤油さし、塩、こしょうの瓶、爪楊枝と紙ナプキンだけである。

「わさびやマヨネーズなんてここにあるのか？」

「あ、そっか……。センターヴィレッジさんの給湯室から借りちゃだめですか。マヨラーの杉野さんあたり、冷蔵庫に隠し持ってそう。そうだ、トースターは一階のカフェにあったはず……。ま、いざとなったらどこかから、借りればいいんですよぉ。誰かが必ず助けてくれるもんですよぉ」

やれやれと苦笑いしつつも、妻の顔がちらりと胸をよぎる。もう遅すぎるのだろうか――。いや、難しく考えまい。玲実が言うように、身をすくませて立ち止まっているうちに、出来ることはたくさんある。美味しいビールを出す店があるんだ、久しぶりにいかないか、とデートに誘うだけだ。いやなら断ればいいだけの話。彼女が負担に感じないよう、まるで今思いついたかのように声をかけよう。出会った頃のように。

提灯が一斉にぱちりぱちりと点《とも》り、まるで花が咲くように薄闇に赤や青が滲んだ。玲実が鼻歌を歌いながら、椅子を並べ替え始めている。

青くさくやわらかな夜風が頬を撫でた。

双葉文庫

ゆ-08-01

# ランチのアッコちゃん

2015年2月14日　第1刷発行

【著者】
柚木麻子
ゆずきあさこ



【発行者】
赤坂了生

【発行所】
株式会社双葉社
〒162-8540 東京都新宿区東五軒町3番28号
[電話] 03-5261-4818(営業)　03-5261-4840(編集)
www.futabasha.co.jp
(双葉社の書籍・コミックが買えます)

【印刷所】
大日本印刷株式会社

【製本所】
大日本印刷株式会社

【CTP】
株式会社ビーワークス

【表紙・扉絵】南伸坊
【フォーマット・デザイン】日下潤一
【フォーマットデジタル印字】恒和プロセス

落丁・乱丁の場合は送料双葉社負担でお取り替えいたします。
「製作部」宛にお送りください。
ただし、古書店で購入したものについてはお取り替えできません。
[電話] 03-5261-4822(製作部)



ISBN978-4-575-51756-9 C0193
Printed in Japan

○本書は2013年4月に小社より刊行された単行本を文庫化したものです。